Der Stern von San Lorenzo

Fantasy

Gudrun Leyendecker

1.Auflage 2024

Umschlaggestaltung Natascha Frieben, Canva

Biografische
Information der deutschen Nationalbibliothek: Die
Deutsche Nationalbibliothek verzeichnet diese
Publikation in der Deutschen Nationalbibliografie;
detaillierte biografische Daten sind im Internet
über http://dnb.dnb.de abrufbar.

© 2024 Gudrun Leyendecker

Verlag: BoD · Books on Demand GmbH,

In de Tarpen 42, 22848 Norderstedt, bod@bod.de

Druck: Libri Plureos GmbH, Friedensallee 273,

22763 Hamburg

ISBN: 978-3-7693-1832-6

Inhaltsangabe

Seitdem das kleine Königreich von San Lorenzo durch einige Ereignisse berühmt geworden ist, wird es als Wohnort immer beliebter. Eine mysteriöse Frau und ein geheimnisvoller Mann siedeln sich im Bereich des Ortes an. Drohen von ihnen Gefahren? Kann Prinzessin Federica mit ihren zauberhaften Freunden die Probleme beseitigen und drohende kriminelle Machenschaften verhindern?

Gudrun Leyendecker ist seit 1995 Buchautorin. Sie wurde 1948 in Bonn geboren.

Siehe Wikipedia.

Sie veröffentlichte bisher circa 100 Bücher, unter anderem Sachbücher, Kriminalromane, Liebesromane, und Satire. Leyendecker schreibt auch als Ghostwriterin für namhafte Regisseure. Sie ist Mitglied in schriftstellerischen Verbänden und in einem italienischen Kulturverein. Erfahrungen für ihre Tätigkeit sammelte sie auch in ihrer Jahrzehntelangen Tätigkeit als Lebensberaterin.

Der Stern

von

San Lorenzo

Fantasy

Gudrun Leyendecker

In Erinnerung an Apollo, Moni,
Charlie, Poldi, Jenny, Penny, Dixi,
Mora, Turi und Moro

...und andere liebe Begleiter meines
Lebens

Was bisher geschah:

In Italien, nördlich des Gardasees liegt in reizvoller Landschaft der Ort San Lorenzo Dorsino. Ein winziges Königreich, das sich dort im Verborgenen versteckt, sorgte in den vergangenen Jahren für Schlagzeilen, denn die junge Prinzessin Federica wurde aus ihren königlichen Pflichten entlassen, um zunächst einmal ihren eigenen Weg finden zu können. Dabei stand ihr oft die hinterlistige Hexe Nüssli im Weg, gegen die sie sich mithilfe der guten Fee Lamina häufig wehren musste. Eine ganze, fast unerträglicher Weile lang, versuchte auch Hieronymus, der stets schlecht gelaunte Sohn der Hexe, der Prinzessin von Lorenzo, das Leben zu erschweren. Doch nach vielen gelösten Aufgaben und Abenteuern, erkannte Federica, dass sie sich von allen Zwängen befreien musste. Von nun an spielte sich ein wesentlicher Teil ihres gesamten Lebens im Bereich ihrer geliebten Musik ab. Nach einer Ausbildung in Venedig lebt sie nun wieder in ihrer Heimat San Lorenzo, arbeitet als Organistin und leitet einen berühmten Kinderchor.

In der Nähe des königlichen Palastes liegt ein kleiner Bergbauernhof, der zuletzt als Bio-Gartenhof genutzt wurde. Doch die Bewohner Franco und Carmina konnten mit dem Ertrag der Pflanzen kein großes Einkommen erzielen, und so zogen sie nach

Mailand, um dort ein Blumengeschäft in der City zu eröffnen.

Federica pachtete den Hof, denn sie wollte dort eine Kunstschule für Kinder einrichten und möchte in der nächsten Zeit mit Lamina alles dafür vorbereiten.

Kapitel 1

Die Prinzessin hebt ihren Kopf und blickt besorgt zu den dunklen Wolken. „Hoffentlich wird es kein Gewitter geben! Bis zum Hof gibt es keine Möglichkeit, sich unterzustellen. Sollen wir lieber umkehren?"

Lamina betrachtet den Himmel genauer. „Ich glaube nicht, dass wir ein Unwetter zu befürchten haben. Es zieht ein guter Wind, und ich denke, er schafft es, alle Wolken weg zu pusten."

Federica freut sich. „Ich brenne auch schon darauf, endlich anfangen zu können. Es haben sich eine ganze Reihe Kinder gemeldet, die hier auf diese Kunstschule gehen möchten."

„Das war ja auch eine gute Idee von dir, nicht nur Schüler einzuladen, die etwas mit Musik anfangen wollen, sondern auch die anderen, die sich für die restlichen Künste interessieren. Wie gut, dass wir bald genügend Lehrpersonal haben, dann können wir ein Internat daraus machen, und die Kinder können immer hierbleiben."

Die Prinzessin seufzt. „Das wird dann natürlich ideal sein. Aber selbst, wenn wir momentan nur für Seminare, Wochenenden und Ferien etwas anbieten können, werden die Kinder von hier viel mitnehmen können, viel Anregung und Ideen, die sie zu Hause ergreifen und ausbauen können."

Die gute Fee nickt. „Ich wünsche nur, die böse Hexe Nüssli und

Hieronymus wären inzwischen zum Mond ausgewandert, dann könnten wir alle unsere Pläne unbesorgt durchführen. So aber müssen wir ständig achtsam sein und immer mit Störungen rechnen."

In diesem Augenblick taucht Lucia vor ihnen auf. Die weiße Schneekatze zeigt sich mit gespitzten Ohren und hocherhobenem, buschigen Schwanz. „Ihr lauft mir gerade richtig über den Weg", bemerkt sie erregt. „Habt ihr schon gehört, dass die berühmte Donata in das kleine leere Haus am Rande der Stadt eingezogen ist?"

Federica runzelt die Stirn. „Ich kann mich momentan nicht an eine Donata erinnern. Wer ist das?"

„Sie ist hier im Norden Italiens sehr berühmt, weil sie behauptet, jedem Menschen ein Geschenk machen zu können, dass ihm Freude bereitet."

Lamina atmete tief. „Das ist eine kühne Behauptung! Es gibt sehr viele unterschiedliche Menschen, und die haben alle ganz verschiedene Wünsche. Und da meint sie, sie könne jedem einen Wunsch erfüllen, der ein bisschen glücklich macht?"

„So, wie sie es formuliert hat, ist es gar nicht so dumm", findet die Prinzessin. „Sie hat nicht behauptet, jeden Menschen glücklich machen zu können. Sie sagt nicht, dass sie jeden Menschen zufrieden machen kann und auch nicht, dass sie die größten

Wünsche erfüllen kann. Aber sie findet wohl für jeden etwas, mit dem das Leben etwas besser wird, vielleicht auch nur einen kleinen Augenblick lang."

„Das hört sich doch schon besser an", entscheidet die gute Fee.

„Normalerweise wäre diese Frau eine Bereicherung für unsere Stadt", gibt die Schneekatze zu. „Aber leider hat sie einen großen Widersacher, einen Feind, der sie schon von Kindheit an verfolgt."

„Und wer ist das?" will Federica wissen.

„Er hat einen schrecklichen Namen", berichtet Lucia zögernd. „Er heißt Norbert Buhmann."

Lamina räuspert sich aufgeregt. „Dieser Name setzt sofort meine Fantasie in Gang, und er erinnert mich unwillkürlich an Hieronymus, den Sohn der Hexe Nüssli. Sind die beiden Männer vielleicht befreundet?"

„Bisher sind sie sich aus dem Weg gegangen, so sagt man", berichtet die Schneekatze. „Beide behaupten von sich, auf ihre Art und Weise einzigartig zu sein, und das glaube ich auch. Ich habe Norbert vorhin gesehen, als er sich eine Wohnung am anderen Ende der Stadt angeschaut hat. Ich hoffe inständig, dass ihm die Mietwohnung nicht zugesprochen wird, denn er macht einen sehr grimmigen Eindruck. Selbstverständlich hat er mich nicht einmal wiedergegrüßt, als ich ihm freundlich einen guten Tag wünschte. Er sah mich so an, als würde er keine Katzen mögen. Diese Art von Menschen ist mir schon ein paar Mal begegnet, sie sehen mich am liebsten im Winter, wenn alles dick verschneit ist und man mich gar nicht erkennen kann."

Die Prinzessin seufzt. „Das gefällt mir überhaupt nicht. Jetzt ist es mir schon so weit gelungen, mich von Nüsslis Sohn, dem Miesepeter Hieronymus zu entfernen, und jetzt besucht uns ein weiterer Menschentyp, der es ebenfalls nicht versteht, richtig zu leben."

„Wir müssen die beiden unbedingt im Auge behalten", rät Lamina. „Wenn sich dieser Norbert Buhmann etwas ausdenkt, womit er Donata schaden kann, ist das schon schlimm genug. Aber womöglich bringt er damit auch noch andere Menschen im Königreich von San Lorenzo in Gefahr."

„Wer könnte dafür besser sorgen als die kleine Elfe Lorena?!" überlegt die Schneekatze. „Mit ihrer Super-Lichtgeschwindigkeit hat sie die Möglichkeit, überall gleichzeitig zu sein."

„Da gibt es nur einen Haken", weiß die gute Fee. „Unsere Freundin ist im Moment in Florazien, dort hilft sie der Prinzessin Lilli im Schlossgarten."

„Schade, richtig schade!" bedauert Lucia diesen Umstand. „Dabei könnten wir die schnelle Elfe hier sehr gut gebrauchen. Ich werde den Schneeadler und die Schneeeule bitten, einmal zu ihr hinüberzufliegen, damit sie Lilli eine Botschaft von mir bringen."

Die Prinzessin runzelt die Stirn. „Ich habe auch davon gehört, dass Lorena im Schlossgarten des Königs eine Pflanze retten muss, die vom Aussterben bedroht ist. Aber möglicherweise wird sie mit ihrer Arbeit etwas schneller fertig. Jedenfalls wird es gut sein, wenn sie über unsere Lage hier etwas erfährt, damit sie auch entsprechende Maßnahmen einleiten kann."

„Dann müssen wir uns jetzt erst einmal selbst gut helfen", findet Lucia. „Wir könnten ein paar Zwerge einspannen, und möglicherweise kann uns auch das Alpen-Murmeltier Laura helfen, das bei der kleinen Beata lebt."

In diesem Moment entdecken sie einen Wanderer, der ihnen entgegenkommt.

Sie grüßen ihn freundlich, und er erwidert ihren Gruß ebenso freundlich. Als er Lucia entdeckt, bleibt er stehen. „Was ist das doch für eine reizende Katze! Genauso eine habe ich schon immer gesucht. Haben Sie sie aus einer Zucht bekommen?" wendet er sich an die Prinzessin.

„Nein, diese Schneekatze ist seit langer Zeit unsere Freundin, und sie lebt am Gletscher, hier oben in den Bergen. Dort übernimmt sie wichtige Aufgaben zur Erhaltung der Natur und besonders auch gegen das Abtauen der Gletscher. Sie beaufsichtigt die Menschen, die das Eis mit Tüchern zudecken."

In seinem Gesicht erscheint ein herablassendes Grinsen. „Ach, damit kann man doch nicht viel erreichen. Da müsste man im ganz großen Stil etwas ändern."

Federica protestiert. „Wir Menschen hier in San Lorenzo haben gelernt, dass man im Kleinen anfangen muss, die Welt zu verändern. Um im Großen etwas verändern zu können, muss man an einer entsprechenden Position stehen. Das ist uns hier leider nicht vergönnt. Deswegen ist es besser, schon einmal im Kleinen damit anzufangen."

„Also, diese Katze da, die interessiert mich", wechselt er das Thema. „Kann ich sie Ihnen abkaufen?"

Die Prinzessin schüttelt den Kopf. „Man kann dieses Tier nicht kaufen. Es gehört niemandem, außer sich selbst. Aber Sie werden sicher eine Möglichkeit finden, irgendwo eine ähnliche Katze zu erwerben."

„Ich heiße Norbert", stellt sich der Fremde vor. „Und ich habe im Leben gelernt, hartnäckig meine Ziele zu verfolgen. Ich möchte keine andere Katze kaufen, sondern wünsche mir genau dieses Tier, damit es in meinem Lebenskreis wohnen kann."

Lucia horcht auf. „Möchten Sie sich nicht lieber mit mir unterhalten?"

„Natürlich, ich hoffe, dass wir uns verstehen werden", antwortet er schnell.

„Ich verstehe Sie sehr gut", bemerkt die Schneekatze. „Sie möchten sich ein Haustier oder ein Wesen anschaffen, dass sich Ihrem Umkreis anpasst. Wie hatten Sie sich denn das Zusammenleben mit einer Katze vorgestellt? Haben Sie viele Mäuse?"

„Das weiß ich noch nicht so genau", gibt er zögernd zu. „Ich benötige einen Begleiter, der mir in der nächsten Zeit hilft, meine Pläne zu verwirklichen. Ich habe nämlich viel vor, einiges, das in der Dunkelheit erledigt werden muss, und einiges, bei dem vier Pfoten besser sind als zwei Beine."

„Wofür müssen Sie da ein Tier kaufen? Vielleicht können Sie eins auf Zeit mieten", schlägt Lucia vor. „Ich nehme an, dass Sie das Tier nicht mehr brauchen, sobald Sie Ihre Pläne vollendet haben."

Norbert überlegt einen Augenblick. „Das ist gar keine so schlechte Idee, würdest du dich denn auf solch einen Deal einlassen?"

Die Schneekatze runzelt die hübsche weiße Stirn. „Dazu müsste ich schon etwas mehr über die Pläne wissen und übrigens, wir sind noch nicht beim Du. In dieser Beziehung bin ich ein bisschen altmodisch."

Er denkt kurz nach. „Meine Pläne kann ich Ihnen erst verraten, wenn wir den Deal abgeschlossen haben. Und danach können Sie meinetwegen auch Du zu mir sagen."

Lucia kneift die Augen zusammen. „Das muss ich mir erst noch überlegen."

„Was möchten Sie sich erst noch überleben?" hakt Norbert nach. „Ob Sie Du zu mir sagen wollen?"

„Nein, ob ich diesen Deal, diese Arbeit auf Zeit, annehmen werde."

„Bis morgen Mittag um 12:00 Uhr haben Sie Zeit", bestimmt der Mann. „Und ich denke, wir werden maximal eine Woche benötigen. Über den Preis können wir dann noch verhandeln. Da bin ich völlig offen. Sie können sich bis dahin auch überlegen, wie hoch ihre Forderungen sind!"

Die Schneekatze schleicht um ihn herum. „Wie gesagt, ich werde es mir überlegen."

Norbert ist zufrieden. „Gut, dann wünsche ich Ihnen allen noch einen schönen Tag!" Bei diesen Worten dreht er sich schon um und stapft mit großen und schnellen Schritten ins Tal hinunter.

Kapitel 2

Lamina sieht die Schneekatze verwundert an. „Du überlegst tatsächlich, ob du diesem Norbert Buhmann helfen willst?"

„Natürlich überlege ich hin und her", erklärt Lucia. „Es wird sicherlich nicht einfach sein, mit solch einem offenbar schwierigen Menschen zurechtzukommen, aber es gibt uns die Möglichkeit, über seine Tätigkeiten informiert zu werden."

„Und dafür traust du dich in die Höhle des Löwen?" fragt Federica skeptisch.

„Wie ein Löwe sieht er nicht gerade aus, sondern wie ein Mensch, der sich in irgendetwas gefangen fühlt, in irgendeiner Idee, die ihn im Griff hat. Ich werde mir Hilfe holen, und meiner Freundin, der Schneeeule Natascha Bescheid geben".

Die Prinzessin horcht auf. „Die Schneeeule, hier in unseren Alpen? Eben glaubte ich, du hättest einen Spaß gemacht, Ich dachte, es gäbe sie nur in der Tundra und in Nordeuropa, und besonders in all den anderen nordischen Ländern wie zum Beispiel Kanada oder Norwegen."

Lucia lächelt. „Nicht nur die Menschen haben Lust zum Auswandern. Es gibt auch Tiere, die einen Reise- oder Wandertrieb besitzen. Natascha ist jetzt schon aus der dritten Generation, die sich in der Nähe meines Gletschers angesiedelt hat."

„Und inwiefern versprichst du dir denn Hilfe von ihr?" erkundigt sich Federica.

„Natascha ist es gewohnt, auch nachts zu jagen, daher kann sie in der Nacht so lange alles bewachen und beobachten, bis unsere liebe Freundin Lorena, die kleine Elfe, wieder aus Florazien zurückgekehrt ist."

„Das hört sich ja so an, als seist du schon ganz fest entschlossen, dich in die Dienste des Buhmanns zu begeben", bemerkt die Fee.

„Das stimmt, das hast du richtig erkannt. Natürlich hätte ich das diesem Norbert auch schon direkt so sagen können, aber ich wollte euch meine Absicht zuerst mitteilen und euch auch meine

Gründe dafür nennen. Ich bin also fest davon überzeugt, dass sich Norberts Wunsch als glückliche Fügung für uns erweist."

Die Prinzessin seufzt. „Mir ist es aber gar nicht recht, dass du dich dorthin begibst. Ich weiß es doch aus eigener Erfahrung, wie schwer es sein kann, wenn man sich in der Umgebung dieser negativen Menschen befindet. Traust du dir das wirklich zu? Kannst du das aushalten?"

Die Schneekatze schmunzelt. „Ich habe nicht nur meine Krallen, ich bin auch eine Raubkatze. Hast du das etwa vergessen, weil wir Freundinnen sind?"

„Man kann es leicht vergessen, wenn man sich in deiner

Gesellschaft befindet", gibt Federica zu.

„Die schöne Schneeeule sollte man übrigens auch nicht unterschätzen. Denn dort, wo diese Vögel früher wohnten, ging es bei der Jagd auch nicht zimperlich zu: Schneehasen und Enten sind dort ihre Beute gewesen, aber ab und zu begnügten sie sich auch mit kleinen Fischen."

„Auf jeden Fall kann sie den Kontakt mit uns halten", hofft Lamina. „Dann kann sie uns berichten, wie es dir geht."

„Besser noch, sie kann euch informieren, was so in der Umgebung von Norbert läuft, und ich hoffe, recht schnell hinter seine

Absichten zu kommen und von seinen Plänen zu erfahren."

Sollen wir uns inzwischen um die neue Einwohnerin von San Lorenzo kümmern?" überlegt die Prinzessin. „Wenn Donata doch seine Freundin ist, und schon oft gegen ihn kämpfen musste, wird sie doch sicher froh sein, wenn wir ihr von Buhmanns Plänen berichten."

„Das ist gut", findet Lucia. „Vermutlich hat sie schon einige Erfahrungen mit Norbert gemacht. Dann ist sie vielleicht bereit, mit euch ein Team zu bilden."

Federica überlegt. „Plötzlich fühle ich in mir eine seltsame Beklemmung. Möglicherweise will uns dieser Buhmann auch in eine

Falle locken? Es kommt mir jetzt etwas verdächtig vor, dass er so naiv an uns herangetreten ist. Ich denke, da müssen wir jetzt besonders aufpassen. Er wird doch sicherlich darüber informiert sein, dass wir uns ständig gegen undurchsichtige und böse Machenschaften wehren."

„Ängste sind dazu da, dass man sie überwindet", behauptet die Schneekatze. „Das Ungewisse bringt uns nicht weiter, wir müssen uns der Herausforderung stellen. Aber du hast völlig recht, Federica! Wir müssen aufpassen, denn diesem Buhmann kann man alles zutrauen."

Die Prinzessin überlegt. „Ich denke, dass ich den Weg zum Hof heute abbreche. So gern ich mir jetzt auch anschauen würde, wie weit die Handwerker gekommen sind, damit ich weiß, wann wir die Schule eröffnen können, so ist es mir doch jetzt wichtiger, sofort etwas in dieser Angelegenheit mit Norbert zu unternehmen. Lasst uns alle wieder hinuntergehen ins Tal! Ich denke, San Lorenzo braucht uns."

Kapitel 3

„Hast du eine Ahnung, was dieser Norbert jetzt in San Lorenzo möchte?" fragt die Hexe Nüssli ihren Sohn.

„Nein! Und ich kann mir auch gar nicht vorstellen, was er dort will. In diesem Kaff und bei diesen verrückten Leuten kann man doch nur scheitern, wenn man nicht wirklich perfekt ist. Wir beide sind schon gut, aber selbst wir konnten dort nicht dauerhaft landen."

Sie sieht Hieronymus lauernd an. „Du könntest schon Erfolg haben, wenn du es wirklich willst. Aber dieser Buhmann ist ein Anfänger und hat noch keinerlei Erfahrung."

Er überlegt. „Möglicherweise hat er Anfänger-Glück, aber ich weiß nicht einmal, wobei. Soll ich ihm ein bisschen auf die Finger schauen? Vielleicht können wir auch von seinem Glück profitieren."

„Auch wenn wir momentan wie Menschen aussehen, du, in deiner Verkleidung als Priester, und ich in meinem Nonnengewand, und uns in diesem Kostüm niemand erkennen würde, sollten wir lieber warten, bis wir aus der Presse etwas hören. Schließlich ist Buhmann nicht inkognito dorthin gereist, sondern agiert ganz dreist unter seinem echten Namen."

„Du meinst, es wird in den nächsten Tagen etwas in dem Zeitungsblättchen von San Lorenzo stehen?"

„Ganz bestimmt. Die informieren doch ihre Bürger wegen jeder Fliege, die um sie herumkreist. Das Einzige, was mir über diesen Norbert zu Ohren gekommen ist, wurde mir von meiner Nichte Caracas zugetragen."

Hieronymus sieht seine Mutter erwartungsvoll an „Und was war das?"

„Er hat Firmen aufgekauft, unter anderem Nahrungsmittelfirmen, und zwar weltweit", weiß Nüssli.

„Damit kann man doch Geld verdienen", findet ihr Sohn. „Gegessen wird immer."

„Er hat auch Firmen gekauft, die Tierfutter herstellen, und Getreidemühlen. Da frage ich mich, ob er da etwas mischen möchte."

„Du meinst, er will den Menschen Tierfutter unterschieben und es ihnen als Nahrung verkaufen?"

„Nein, natürlich nicht. Auf jedem Nahrungsmittel steht doch heutzutage alles drauf, was drin ist. Mehr oder weniger. Ich kann mir vorstellen, dass er eine eigene Sorte Tierfutter kreieren will."

Er sieht sie skeptisch an. „Gibt es davon nicht schon genug?"

„Die Leute werden doch immer verrückter, sie behandeln die Tiere wie Menschen, obwohl sie genau wissen, dass das den Tieren nicht gefällt. Möglicherweise hat er sich in dieser Richtung etwas ausgedacht und will damit groß rauskommen."

„Mit Tierfutter viel verdienen? Das kann ich mir nicht vorstellen." Er kneift die Augen zusammen. „Da steckt bestimmt noch etwas anderes dahinter."

„Ich bin sicher, wir werden es in den nächsten Tagen erfahren", glaubt Nüssli. „Aber weißt du auch, wer ebenfalls nach San Lorenzo gezogen ist? Das wirst du jetzt nicht glauben."

„Mach es nicht so spannend!" schlägt er vor.

Die Hexe kichert. „Es geht um diese verrückte Donata, die immer noch an den Weltfrieden und an das Gute in den Menschen glaubt. Sie ist von jeher eine Feindin Buhmanns. Wenn sie zusammentreffen, ist das Chaos nicht weit."

Er sieht seine Mutter irritiert an. „Das kann ich jetzt gar nicht verstehen. Sie ist doch bekannt als eine gutmütige und friedfertige Dame. Kann sie da für ein Chaos verantwortlich sein?"

„Das sieht nur nach außen hin so aus. Sie wirkt sehr freundlich, aber wehe dem, der irgendjemandem ein Unrecht tut oder ein Haar krümmt, dann geht sie auf die Barrikaden."

Er hebt die Augenbrauen „Ein Haar krümmt? Auf die Barrikaden? Hier sind doch gar keine."

„Ach, es hat sowieso keinen Zweck, dir das erklären. Manches Mal merke ich, dass du sehr viel von deinem Vater geerbt hast. Er hat auch so wenig verstanden, weil er von Kind an kein guter Zuhörer war, so wie die meisten Männer. Am liebsten hat er sich selbst zugehört. Er war eben ein Mensch und kein Hexer. Aber das ist jetzt völlig unwichtig. Eins kann ich dir jedenfalls sagen: Solltest du tatsächlich Lust verspüren, dich in der nächsten Zeit in San Lorenzo aufzuhalten, dann kannst du dich beruhigt in Norberts Nähe wagen, aber diese Donata, die solltest du meiden!"

„Du sprichst wieder mal in Rätseln, Mutter! Eben hast du noch gesagt, sie sei eine sehr nette Dame. Warum soll ich sie denn dann meiden?"

„Du hast doch immer irgendetwas im Sinn, womit du anderen Menschen Ärger bereitest. So etwas merkt sie sofort, und sie wird nicht ruhen, bis sie dich therapiert."

Hieronymus sieht sie entsetzt an. „Mich? Therapieren? Das muss erst einmal einer versuchen. Ich bin Therapie-resistent. Tief in meinem Innern fühle ich den dunklen See, der unerschöpflich ist. Und daraus schöpfe ich immer wieder aufs Neue die negativen Gedanken und Ideen mit dunklen Schatten, die sich in mir vervielfältigen, damit ich sie anderen anziehen kann."

Nüssli kneift die Augen zusammen. „So gefällst du mir wieder, mein Junge. Ich denke, es ist gut, wenn wir ab und zu einmal wieder zusammenarbeiten. Wenn du zu lange allein oder mit netten Menschen zusammen bist, dann wirst du langsam träge."

Ihr Sohn seufzt. „Schade, dass wir nicht mehr im Mittelalter leben. Da wurden wir doch ganz anders geachtet und konnten, wie die Drachen, Schwefel spucken."

Sie kichert erneut. „Ich finde es heute viel schöner, denn in der jetzigen Zeit kann man viel subtiler arbeiten. Wir haben die Möglichkeit, uns in die schönsten Menschen zu verwandeln und teuflische Pläne zu verfolgen. Gibt es eine bessere Zeit für uns als heute? Jugend und Schönheit werden aktuell so hoch bewertet, dass sie das einzige Ziel für einen großen Teil der Menschheit bedeuten, und diese Leute tun alles dafür. Das gedenke ich in der nächsten Zeit sehr stark auszunutzen."

Er gähnt. „Wie langweilig. Dann gehe ich lieber noch San Lorenzo und erwarte das große Chaos. Ich werde schon dafür sorgen, dass die beiden alten Feinde sich begegnen. Brauchst du mich noch, Mutter?"

„Nein, du Tunichtgut! Mach dir ein paar schöne Tage! Und wenn du mich suchst, ich halte mich momentan in den großen Badeorten an den Mittelmeerstränden auf, in der nächsten Zeit vorzugsweise im Süden Frankreichs."

„Viel Spaß!" wünschte er ihr und verschwindet.

Kaum ist er fort, fängt sie laut an zu lachen. „Wie leicht ist er doch manipulierbar! Wie eine Marionette! Er ist nicht nur mein Handlanger, er ist sogar mein Werkzeug."

Kapitel 4

Donata öffnet die Tür und sieht das kleine Mädchen erfreut an. „Es ist schön, dass du mich einmal besuchst. Ich habe schon einige nette Geschichten von dir und deinem Murmeltier Laura gehört."

Beata begrüßt die ältere Dame. Guten Tag! Haben Sie denn jetzt auch Zeit für mich. Meine Mutter hat mir erzählt, auch, dass Sie so viel für andere Menschen tun."

„Komm nur herein! Ich habe Zeit für dich, und du kannst auch Du zu mir sagen, so, als wäre ich eine Oma von dir!" Sie führt das Mädchen ins Wohnzimmer und bietet ihr einen Platz auf dem Sofa an.

„Das ist toll", findet die Kleine. „Ich habe nämlich keine Oma hier, die eine, die Mutter meines Vaters wohnt weit weg, in Nordeuropa und die andere ist im Himmel. Die meisten meiner Mitschülerinnen haben Omas, und die freuen sich darüber."

„Dann kannst du dich in Zukunft auch darüber freuen", schlägt Donata ihrem Besuch vor. „Möchtest du eine Tasse Schokolade und ein Stück Kuchen?"

„Ein andermal gern, aber heute habe ich nur ganz wenig Zeit."

Donata lächelt. „Dann wollen wir ganz schnell zur Sache kommen. Kommst du, weil du einen Wunsch an mich hast?"

Beata druckst ein bisschen herum „Ja, vielleicht. Aber ich dachte, weil du vielleicht mehr weißt als alle anderen Menschen und auch Wünsche erfüllen kannst, dass du mir vielleicht erst einmal auf eine Frage eine Antwort geben kannst."

„Ich werde es versuchen", antwortet die ältere Dame mit fester Stimme.

„Es geht um mein Kuscheltier, die kleine Laura. Als sie zu mir kam, war ich noch sehr krank. Und das war ich geworden, weil ich sehr traurig gewesen bin, besonders wegen meiner Oma. Aber seitdem das Murmeltier bei mir lebt, bin ich Tag für Tag gesünder geworden und kann auch wieder laufen. Am Anfang war ich sehr ängstlich. Jedes Mal, wenn Laura nach draußen ging, habe ich gefürchtet, dass sie nie wieder kommt. Doch nach und nach habe ich gemerkt, dass mein Kuscheltier immer wieder zu mir zurückkommt, und darüber bin ich sehr glücklich."

„Das ist sehr schön", findet Donata, „dann hast du Vertrauen gefunden."

Beata seufzt. „Ja, es war richtig schön. Aber jetzt hat sich etwas ereignet. Laura muss der weißen Schneekatze helfen, und die wiederum arbeitet momentan bei einem Norbert Buhmann."

Donata horcht und auf hebt die Augenbrauen. „Wirklich? Die weiße Katze ist doch die Beschützerin der Alpen- Gletscher."

Das kleine Mädchen nickt. „Meine Mama sagt, sie ist eine sehr schlaue und liebe Katze. Und sie hat mir auch gesagt, dass ein Mann mit dem Namen Buhmann kein Buhmann sein muss. Aber irgendwie habe ich jetzt doch wieder Angst bekommen, dass mein Kuscheltier nicht mehr zurückkommt."

„Das kann ich gut verstehen. Jetzt denkst du wieder an deine Oma, die fortgegangen ist. Und so ganz unbegründet ist deine Sorge nicht. Mit diesem Norbert habe ich selbst auch einmal Streit gehabt."

„Weshalb habt ihr euch gestritten?"

„Es ging damals um Tiere. Er hat immer sehr viele Tiere angeworben, die angeblich einmal

Ferien machen durften. Aber in Wirklichkeit wurden Tests mit ihnen gemacht, das ist keine gute Sache. Wenn sich ein Tier freiwillig dafür zur Verfügung stellt, kann man nichts dagegen tun. Aber welches Tier tut das schon?"

„Dann hat er ihnen also falsche Versprechungen gemacht?"

„Das nehme ich an, aber ich konnte es ihm leider nicht beweisen, denn bei den Haustieren hat er den Haustierhaltern große Summen bezahlt, und deshalb haben sie bei mir nachher keine Aussagen gemacht, nicht die Wahrheit gesagt."

Beata blickt die ältere Dame entsetzt an. „Aber das ist ja

schrecklich! Stell dir nur vor, wenn er jetzt wieder so etwas vorhat."

„Oh, ich denke, mit der gleichen Sache hat er jetzt keinen Erfolg, denn er weiß, dass ich ihm streng auf die Finger schaue. Aber etwas Gutes hat er mit Sicherheit nicht vor. Weißt du denn, was die Schneekatze und dein Kuscheltier bei Norbert machen müssen?"

„Ein bisschen schon. Aber ganz genau weiß ich nicht, was das ist. Es geht wohl um Tierfutter, und Lucia und Laura sollen hier im Ort umhergehen und Freunde anwerben, Tiere natürlich, die das Tierfutter freiwillig probieren. Sie sagen, das ist eine Testphase."

„Norbert steigt freiwillig in die Tierfutter-Branche ein? Das kann ich mir gar nicht vorstellen. Sicher steckt da wieder irgendein Schwindel dahinter. Ich glaube auch gar nicht, dass man in dieser Branche so wahnsinnig viel verdienen kann. Schließlich ist dieser Buhmann schon ein sehr reicher Mann. Mit Peanuts gibt er sich da nicht ab."

„Peanuts? Erdnüsse? Sind in dem Futter welche drin?"

„Nein, das glaube ich nicht. Die sind doch viel zu teuer. Aber wenn Norbert irgendwelche billigen Materialien in dem Tierfutter verwendet, wird er damit sicher nicht durchkommen. Schließlich gibt es dabei auch eine Prüfung der Qualität. Ich habe keine Ahnung, was er sich da wieder ausgedacht hat."

„Wenn er wirklich so böse ist, wie du sagst und gerne möglichst schnell und ohne viel Arbeit Geld verdienen will, dann wird er schon kein gutes Futter nehmen", vermutet Beata.

„Ich fürchte auch, dass etwas Unseriöses dahintersteckt. Aber man darf ihm nichts unterstellen, wir müssen erst einmal abwarten. Kommt das Murmeltier denn regelmäßig zu dir, um dir zu berichten, wie es ihm geht?"

„Ja, ab und zu, aber viel zu selten. Ich vermisse mein Kuscheltier".

Donata sieht das kleine Mädchen liebevoll an „Das kann ich gut verstehen. Wenn du magst, und es dir bei mir nicht zu langweilig ist, kannst du mich in dieser Zeit öfter besuchen. Wie lange muss Laura denn bei Norbert bleiben?"

„Diese Testphase soll vier Wochen lang sein", weiß Beata. „Das ist eine sehr, sehr lange Zeit. Aber störe ich dich denn hier nicht bei deiner Arbeit? Du machst doch anderen Menschen Geschenke, habe ich gehört."

„Das tue ich. Aber vielleicht kannst du mir sogar dabei helfen. Es ist nie zu früh, das zu lernen. Am besten fragst du einmal deine Mutter, ob du hier an den Nachmittagsstunden, so oft du magst, zu mir kommen darfst."

„Ich glaube, damit ist sie ziemlich froh", vermutet das kleine Mädchen. „Sie hat nämlich jetzt eine Arbeit bekommen, bei der sie gut verdienen und alte Schulden abtragen kann, die noch aus früherer, schlechter Zeit stammen. Ihr neuer Freund, der Gärtner Theo wohnt jetzt auch bei uns, und hilft ihr dabei. Vielleicht werden die beiden sogar heiraten. Das wäre super, denn ich mag ihn gern."

„Geht deine Mutter denn den ganzen Tag arbeiten?" erkundigt sich Donata.

„Nein, zum Glück nicht. Manchmal darf sie sogar Home-Office machen, aber gerade nachmittags könnte die Fee Lamina ab und zu die Hilfe meiner Mama gebrauchen. Und sie geht da nur nicht hin, um mich nicht allein zu lassen. Aber wenn ich inzwischen hier bei dir sein kann, wird sie ihre

Schulden schneller abarbeiten können."

„Das kannst du am besten mit ihr selbst einmal besprechen", findet die neue Oma. „Und du kannst sie auch einmal mitbringen. Dann können wir uns kennenlernen, und sie wird beruhigt sein, weil sie weiß, dass es dir hier gut geht."

„Oh, das wird nicht nötig sein. Meine Mutter kennt dich schon. Lamina, die gute Fee hat ihr von dir erzählt, und auch die Prinzessin Federica weiß nur Gutes über dich. Aber bevor ich jetzt wieder gehe, weil meine Mutter mit dem Essen wartet, möchte ich noch wissen, ob du jetzt in Gefahr bist."

Donata staunt. „Ich? In Gefahr? Warum denn das?"

„Ihr seid doch Feinde! Du und der Buhmann, da findet er es bestimmt nicht gut, dass du hierhin nach San Lorenzo gezogen bist."

„Tatsächlich hatte ich mein Haus schon vor ihm hier gemietet, weil ich gerade hier auch noch eine wichtige Aufgabe zu erledigen habe. Aber ich weiß wirklich nicht, warum er ausgerechnet auch nach San Lorenzo gezogen ist. Die Welt ist groß, er könnte überall hin. Und die Testphase könnte er auch in jeder Stadt stattfinden lassen. Es macht mich schon misstrauisch, dass er hier etwas plant, obwohl ich ihm nun hier direkt vor der Nase sitze."

„Du brauchst unbedingt jemanden, der dich beschützt", findet Beata. „Wenn ich dann nachmittags ein paar Stunden zu dir komme, kann ich auf dich aufpassen. Aber was machen wir mit der Zeit, während ich fort bin?"

„Das ist furchtbar lieb, dass du dir Sorgen um mich machst", findet die ältere Dame. „Aber ich kann schon gut auf mich selbst aufpassen. Das habe ich auch mein ganzes Leben lang getan, und ich kann auch ein kleines bisschen zaubern. Nicht so viel, wie die Elfe Lorena, und schon gar nicht so viel, wie die gute Fee Lamina. Aber immer noch genug, um mir aus einer Patsche helfen zu können. Du kannst also jetzt ganz getrost nach Hause gehen und musst dir keine Sorgen machen."

„Hm, so ganz wohl ist es mir jetzt bei der Sache nicht", findet das kleine Mädchen. „Ich werde einmal nachdenken und überlegen, ob mir jemand einfällt, der dich hier beschützen kann."

Donata lächelt. „Na schön, dann werde ich auch für dich überlegen, was man wegen Laura und der Schneekatze tun kann. Ich versuche herauszufinden, was da wirklich läuft, und ob sie in Gefahr sind."

Beata lacht. „Prima! Dann haben wir beide ja jetzt viel zu tun."

Mit einem hoffnungsvollen Gesicht verabschiedet sie sich von ihrer neuen Oma.

Kapitel 5

Durch die hohen Bäume des Parks fällt Sonnenlicht auf die Bank. Die Schneekatze sieht die Prinzessin besorgt an. „Es ist schlimmer als wir denken, und es steckt bestimmt noch mehr dahinter, als ich bis jetzt herausgefunden habe."

Federica seufzt. „Das hört sich nicht gut an, aber ich habe es befürchtet. Was konntest du herausfinden, und wie hast du das überhaupt angestellt? Dieser Norbert ist bestimmt nicht dumm und ahnt, wenn man ihn entlarven will."

„Ich glaube, er hat nichts geahnt, denn ich hatte ein gutes Motiv, um nach dem Tierfutter zu fragen. Es geht da natürlich auch besonders um die Tiere, die die Menschen am häufigsten halten, also Hunde, Katzen und Vögel, aber auch um andere seltenere Haustiere."

„Jetzt bin ich aber sehr gespannt", teilt ihr die Prinzessin mit.

„Ich hatte den Auftrag erhalten, in und um San Lorenzo herum, nach freiwilligen Test-Tieren zu suchen, die neues Futter probieren und berichten, wie es ihnen schmeckt, und ob es ihnen guttut. Ganze vier Wochen lang sollen sie sich davon ernähren. Also habe ich natürlich gefragt, was in dem Futter drin ist, denn die Tester werden mich auch danach fragen."

„Und Buhmann hat dir Auskünfte gegeben?"

„Natürlich nicht genau. Aber ich konnte inzwischen feststellen, dass zum Beispiel das Hundefutter sehr viele Prozente an Getreide enthält, was nicht so vorteilhaft für die Ernährung dieser Tiere ist. Auch der Zuckerwert ist an der Obergrenze und wird natürlich nicht als Zucker deklariert, sondern als Glukose, was sich weitaus weniger gefährlich anhört. Ich habe herausgefunden, dass es für alle Inhaltsstoffe unterschiedliche Fremdworte gibt, die dem Leser weniger bekannt sind. Auch sind die Ballaststoffe hier weitgehend aus minderwertigen Nahrungsmitteln. Alles das, was ich bisher feststellen konnte, ist, dass es ein Billigfutter ist."

„Und das herzustellen ist leider nicht verboten", sagt die Prinzessin betrübt.

„Norbert hat mir aber leider nicht verraten, welche minimalen Zutaten außerdem noch drin sind, und das ist tatsächlich nicht einmal Pflicht, auf der Verpackung erwähnt zu werden. Ich habe mich erkundigt: Bei Tierfutter-Firmen, die gutes Futter herstellen, stehen auch sämtliche Inhaltsstoffe drin. Aber da dies keine Pflicht ist, lassen die Billighersteller einfach diese ungesunden Zusätze der Zutatenliste weg."

„Da wird es Zeit für ein neues Gesetz", findet Federica. „Tiere, die den Menschen ausgeliefert sind, sind auch darauf angewiesen, dass der Mensch sie richtig ernährt, sonst ist die Tierhaltung unverantwortlich. Also kann man jetzt momentan überhaupt nichts unternehmen?"

„Ich habe Laura, das Murmeltier eingesetzt. Sie wird die Kandidaten ein wenig überwachen und sie ständig nach ihrem Wohlbefinden befragen. Ich möchte da nämlich kein Risiko eingehen."

„Das ist gut. Aber ich hoffe, dass Lorena bald hier ankommt, denn sie ist viel schneller. Sie fliegt ja mit Lichtgeschwindigkeit und hätte weitaus bessere Möglichkeit, alle Tester ständig zu beobachten."

„Ja, das ist wahr, und ich hoffe auch, dass sie uns bald zur Hilfe eilt. Im Übrigen werde ich jetzt den Kontakt mit dir erst einmal abbrechen, damit uns Norbert nicht auf die Schliche kommt. Laura wird dir zwischendurch Bericht erstatten."

Die Prinzessin atmet tief. „Es ist eine schwierige Angelegenheit. Hast du denn schon Kandidaten geworben?"

„Ein paar streunende Katzen haben sich bereits gemeldet. Eine alte Frau, die monatlich nur eine kleine Rente erhält, hat sich ebenfalls beworben, und ihr Hund Cicero wurde bereits registriert. Dafür erhielt Nerina auch eine schöne Summe Geld, die man ihr in bar ausbezahlte."

Federica stöhnt. „Der Norbert Buhmann arbeitet mit allen Tricks."

„Im Moment bewegt er sich noch im Bereich der Legalität. Aber als Schneekatze habe ich ja geradezu Luchs-Augen und mit meinen spitzen Öhrchen entgeht mir nichts."

In diesem Augenblick naht eine junge Frau, die einen Hund an der Leine führt und bleibt vor der Parkbank stehen.

„Guten Tag, ich bin Maria, und das ist mein Hund Lotta. Darf ich Sie kurz einmal stören?"

Die Prinzessin sieht die junge Frau freundlich an. „Aber natürlich. Wir sind gern für Sie da."

„Ich habe den Aufruf des Tierfutter-Herstellers gelesen und kann mir kein teures Hundefutter leisten. Ich kaufe im Supermarkt ein und nehme da stets das Billigste. Nun möchte ich diesen Test bei Herrn Buhmann buchen, dann bekomme ich einen Monat lang kostenloses Hundefutter und noch ein schönes Sümmchen dazu. Aber ich möchte meinem Tier natürlich auch nichts Böses antun. Daher wollte ich Sie erst einmal fragen, ob Sie mir etwas zu diesem Futter sagen können?"

„Ich weiß leider selbst noch nicht viel darüber", bedauert Federica. „Tatsächlich ist es nicht von der besten Qualität, aber es ist auch nicht schlechter als das billigste Futter im Supermarkt. So sieht es momentan noch für uns aus. Trotzdem können wir uns irren, denn wir wissen noch nichts über die geheimen Zusätze, die man unbemerkt untermengen kann."

„Das ist sehr schade", findet Maria. „Ich studiere nämlich gerade und verdiene mir nur zwischendurch etwas Geld, wenn ich im Café in der Küche arbeite. Da kann ich natürlich alles Geld gebrauchen. Aber ich möchte meiner Lotta natürlich auch nicht schaden. Was soll ich tun?"

„Ich würde Ihnen gern helfen", bemerkt die Prinzessin. „Aber im Moment weiß ich nicht, wie. Die meisten Herrchen der Test-Tiere haben sicher Geldmangel, und da mein Vater gerade viel Geld in die Umweltprojekte gesteckt hat, ist er auch nicht so flüssig, dass er jedem helfen kann. Aber auf der anderen Seite kann ich Ihnen auch nicht raten, den Test mitzumachen, denn man munkelt sehr viel über Norbert Buhmann. Deswegen bin ich da sehr vorsichtig."

„Mit dieser Geldsumme könnte ich mit einem Fernkurs mein Studium vervollständigen, dann könnte ich hier ins Home-Office gehen und hätte in Zukunft mehr Möglichkeit, mich um Lotta zu kümmern. Das treibt mich sehr dazu, meinen Hund zu dem Test anzumelden. Aber ich habe natürlich auch Angst."

„Wenn sie um die Gesundheit Ihres Tieres Angst haben, dann sollten Sie es sich doch noch mal überlegen", findet die Prinzessin. „Manchmal ist Angst gut. Sie warnt einen vor Gefahren."

„Mein Bauchgefühl sagt mir, ich soll es lieber lassen, aber mein Kopf sagt, es ist viel Geld, das mir da angeboten wird. So eine Gelegenheit bietet sich so schnell nicht wieder. Aber erst einmal vielen Dank für Ihren Rat! Ich werde mir das noch einmal überlegen. Ich hätte da noch eine andere Frage. Haben Sie noch so viel Zeit?"

Die Prinzessin nickt. „Fragen Sie nur!"

Maria atmet tief. „Es gibt da so einen unfreundlichen Nachbarn bei mir. Er heißt Ermanno und hat ebenfalls einen Hund, den Filippo. Er ist ein ganz unmöglicher Kerl, den Mann meine ich. Wie kann man einen Hund nur Filippo nennen?! Unsere beiden Tiere mögen sich nämlich nicht, obwohl mein Hund ein Weibchen und sein Hund ein Männchen ist. Lotta knurrt diesen dreisten Vierbeiner immer an, und ich habe diesem Ermanno schon einmal gesagt, er solle uns aus dem Weg gehen, aber er hört gar nicht darauf. Natürlich hat meine Lotta deswegen viel Stress, und ich frage mich natürlich, was mit diesem Menschen los ist. Kennen Sie ihn vielleicht? Wissen Sie vielleicht, was mit ihm los ist?"

Federica schüttelt den Kopf. „Nein, das weiß ich leider auch nicht. Genau genommen kenne ich ihn gar nicht. Ich kenne auch nicht alle Bürger von San Lorenzo und Umgebung, leider, das gebe ich zu. Ist dieser Herr denn auch ein

Student? Was macht er denn, und seit wann lebt er hier in diesem Ort?"

„Er ist erst seit ein paar Wochen hier. Nachts ist er hier ganz plötzlich eingezogen, gemeinsam mit diesem Filippo. Aber was er macht, weiß ich auch nicht. Er ist viel zu Hause, deswegen glaube ich, dass er ebenfalls Home-Office macht. Und zwischendurch geht er viele Male am Tag mit seinem Hund spazieren. Ich habe ihn schon so oft gebeten, zu einer anderen Zeit mit seinem Filippo Gassi zu gehen, und mir kommt es immer so vor, als wolle er uns absichtlich ärgern. Er sagt zwar immer, es sei Zufall, und er könne es auch nicht beeinflussen, wann sein Hund sein Geschäft machen muss. Aber ich bin da sehr skeptisch. Wir treffen uns nicht nur im Hausflur, sondern natürlich auch draußen auf der Straße, denn es gibt nur einen Weg von dort aus ins Grüne."

„Das ist ein merkwürdiges Verhalten", findet die Prinzessin. „Ist er auch sonst unfreundlich zu Ihnen?"

„Nein, er tut immer sehr freundlich. Aber er respektiert meine Wünsche nicht. Lotta mag diesen Filippo offensichtlich nicht, aber das interessiert ihn nicht. Er hat mich sogar schon einmal zum Kaffee eingeladen, aber ich habe natürlich abgesagt. Das kann ich meinem Hund nicht antun."

„Und wie hat er reagiert?"

Lotta schnüffelt an Lucia und wedelt mit dem Schwänzchen.

Die junge Frau hebt die Augenbrauen. „Er war total unsensibel und hat gemeint, die Hunde würden sich schon aneinander gewöhnen. Aber, sagen Sie mal ehrlich, wenn ein Mensch eine Antipathie gegen jemanden hat, so nimmt man das auch ernst. Bei einem Tier sollte man nicht anders handeln."

Die Schneekatze mischt sich ein. „Da gibt es aber auch Ausnahmen. Ich habe eine ganze Menge Wesen gekannt, die am Anfang glaubten, sich nicht zu mögen. Doch eines Tages, nachdem sie sich näher kennen gelernt hatten, fanden sie Zutrauen und entdeckten sogar Gefühle füreinander. Darunter gab es auch Wesen, die sich zu Beginn ihrer Bekanntschaft heftig gestritten haben, doch am Ende wurden sie Liebespaare. Das findet man sogar in einem Spruch wieder: Was sich liebt, das neckt sich."

„In so jemanden wie Ermanno könnte ich mich nie verlieben", behauptet Maria aufbrausend. „Sehen Sie sich nur Lotta an, ganz zutraulich nähert sie sich der großen Schneekatze, und das nur, weil das Tier manierlich sitzen bleibt und meinen Hund freundlich anblickt. Mein Liebling ist da sehr sensibel und knurrt auch nur in Situationen, in denen etwas nicht einwandfrei läuft."

„Wissen Sie denn, ob sich dieser Ermanno ebenfalls bei dieser

Kampagne mit dem Test-Futter angemeldet hat?" erkundigt sich Lucia.

„Nein, das weiß ich nicht. Ich lasse mich ja nicht auf ein Gespräch mit ihm ein. Ich gehe ihm aus dem Weg, sobald ich ihn sehe."

Federica überlegt einen Moment. „Möglicherweise kann es von Vorteil sein, wenn Sie sich doch einmal mit diesem Mann unterhalten. Er könnte Ihnen seine Erfahrungen wegen des Hundefutters mitteilen. Das könnte Ihnen nähere Auskünfte geben."

Maria runzelt die Stirn. „Dazu habe ich wenig Lust. Und wenn Sie ihn auch nicht kennen, werde ich besonders vorsichtig sein."

„Wenn er mir über den Weg läuft, werde ich ihn mir einmal anschauen", verspricht die Schneekatze.

Die Prinzessin erhebt sich. „Es ist schon spät, ich habe noch einen wichtigen Termin. Aber kommen Sie doch gern in den nächsten Tagen noch einmal bei mir im Schloss vorbei!" fordert sie Maria auf. „Vielleicht wissen wir bis dahin schon mehr."

Die junge Frau bedankt sich. „Vielen Dank, und ich werde bestimmt kommen."

Kapitel 6

Als Federica zum Schloss eilt, fliegt die kleine Elfe Lorena herbei und setzt sich auf die Schulter der Prinzessin. „Meinen ersten Rundflug durch das Gelände des Buhmanns habe ich bereits erledigt", berichtet sie. „Von außen sieht alles ganz seriös aus, aber da ich so klein bin, werde ich meinen nächsten Rundflug auch in die Räume unternehmen."

Federica freut sich. „Ich bin glücklich, dass du so schnell zurückgekommen bist, denn wir brauchen deine Hilfe dringend. Konntest du schon etwas Verdächtiges entdecken?"

„Ich habe Laura getroffen und mit ihr ein paar Pläne geschmiedet.

Aber sie sollte sich etwas zurücknehmen."

Die Prinzessin runzelt die Stirn. „Zurücknehmen? Was meinst du damit?"

„Dieses possierliche Tierchen pfeift häufig und könnte sich damit verdächtig machen. Ich dachte immer, Murmeltiere würden murmeln. Aber da habe ich mich offensichtlich getäuscht."

Federica lächelt. „Nein, das tun sie nicht, und ihr Name hat auch gar nichts mit dieser Tätigkeit zu tun. Das Wort hat sich aus alten Wortstämmen entwickelt und bedeutet so viel wie Bergmaus."

Lorena kichert. „Da hat es sich aber ganz schön weit entwickelt. Ich wünschte, manche Menschen würden sich auch so gut entwickeln."

Federica nickt und streicht sich die Haare aus dem Gesicht. „Oh, ja! Und was habt ihr euch ausgedacht?"

„Wir haben einiges geplant. Ich werde mich auch ins Büro einmischen und dort alle Computer-Passwörter notieren, die ich beobachten kann. Dann kann ich auch schon mal nachts in den Räumen agieren und in die Unterlagen schauen, denn für Lucia als Testkandidat sind diese Zimmer tabu. Das Murmeltier Laura und ich werden uns auch Zugang zu den Laboren verschaffen, um zu schauen, was da so gemixt wird. Auch in die Lagerhallen werden wir uns schleichen können, um zu schauen aus welchen Materialien das Futter zusammengesetzt wird."

„Das hört sich gut an", findet die Prinzessin. „Aber ich denke, ihr müsst auch sehr aufpassen. Wenn sich dieser Norbert hierhin zurückzieht und hier testen will, dann hat das bestimmt noch einen Hintergrund, von dem wir nichts ahnen."

„Vordergründig, weiß ich schon, warum Buhmann hier seine Tests durchführt", behauptet Lorena. „San Lorenzo ist ein angesehener Staat. Überall auf der Welt weiß man, dass man hier besonders gut auf die Umwelt achtet und versucht, jede unnötige Verschmutzung zu vermeiden. Dieses kleine Reich ist ein Vorbild für gegenseitige Hilfe, das hat sich hier schon bei manchen Ereignissen bewiesen. Ich glaube, dass dieser Norbert dann mit euch eine gute Werbung machen möchte. Er wird behaupten, dass das Futter gut ist, weil es in San Lorenzo getestet und für gut befunden wurde. So in etwa kann ich mir das vorstellen."

„Ich habe heute Morgen mit meinem Freund Mario auch noch einmal darüber diskutiert. Er traut diesem Norbert gar nicht, denn er hat schon gehört, dass man ihn den kleinen Hieronymus nennt, weil er auch so ein ungemütlicher Zeitgenosse ist. Du weißt zwar, dass ich den Medien-Berichten und Gerüchten gegenüber erst einmal sehr vorsichtig bin, und nicht alles glaube, was in einem billigen

Tagesblättchen geschrieben wird, aber ein Körnchen Wahrheit ist oft doch daran. Daher bin ich wirklich sehr froh, dass ihr das ganze Gelände überwacht."

„Hast du eine Ahnung, ob sich auch die Hexe Nüssli und ihr Sohn mit diesem Projekt befassen?" erkundigt sich Lorena.

„Ich glaube eher nicht", überlegt die Prinzessin. „Die beiden Männer waren wohl immer Konkurrenten, wenn ich mich richtig erinnere. Aber wenn die Hexe Nüssli ein gutes Geschäft wittert, dann bleibt sie sicher nicht lange fern. Wir müssen allerdings bei ihr sehr wachsam sein, denn du weißt, dass sie schon einige Hexen-Prüfungen bestanden hat."

„Und was bedeutet das?" will die kleine Elfe wissen.

„Sie hat einen höheren Rang, und alle Hexen, die einen höheren Rang haben, können schon sehr gut zaubern. Daher hat sie die Möglichkeit, die Gestalt von vielen anderen Lebewesen und auch Menschen anzunehmen. Wenn du sie in ihrer eigenen Gestalt siehst, erkennst du sie an ihrer langen Nase, dem spitzen Kinn und dem breiten Mund. Aber oft, wenn sie sich mir genähert hat, dann verwandelte sie sich in sehr schöne, manchmal auch junge weibliche Personen, die sehr attraktiv waren. Deswegen konnte ich sie auch nicht erkennen."

Lorena sieht die Prinzessin erstaunt an. „Sie darf einfach so die

Gestalt jeder hübschen Person annehmen?"

„Oh nein, nicht wenn die Person ein gutes Herz und einen normalen, anständigen Charakter hat. Sie kann sich nur in Schönheiten verwandeln, die herzlos und skrupellos sind."

„Dann kann man sie aber nur sehr schwer erkennen", vermutet die kleine Elfe. „Ich hab einmal davon gehört, dass sich eine schöne Seele auch einen schönen Körper formt. Aber das scheint nicht verlässlich zu sein. Es gibt bestimmt auch sehr schöne Menschen mit einem eiskalten Herzen, besonders in der Zeit, in der sich jeder durch Operationen zu einem schönen Menschen verwandeln kann."

„Eine schöne Seele kannst du an den Augen erkennen", erklärt die Prinzessin. „Augen sind das Fenster zur Seele, so sagt man. Aber auch dieser Spruch ist nicht perfekt. Es ist weder der Augapfel noch die Linse noch die Pupille, ja nicht einmal die Netzhaut, die es zulassen, in die Seele zu schauen. Es ist der Blick selbst, der beseelt ist von einem Leuchten des inneren Wesens, das von herzlichen Impulsen gesteuert wird. Daran kannst du auch einen guten Menschen von einem schlechten unterscheiden."

Lorena ist noch nicht zufrieden. „Aber nicht jeder gute Mensch ist ständig in fröhlicher Stimmung. Jeder ist einmal traurig oder unzufrieden. Wie soll ich dann merken, ob einer zu den Guten oder zu den Bösen gehört?"

„Bei den Guten fehlt eine Härte selbst im festesten Blick und stattdessen findest du darin einen Hauch von Sanftheit, selbst in der größten Emotion der Person. Hüte dich vor kalten Augen, die wie Diamanten blitzen!"

„Wer hat dir das alles erzählt?" erkundigt sich Lorena.

„Das habe ich alles in einem großen Buch gelesen, als ich in der Höhle des Drachen Polka meine verlorene Jugend wiedergefunden habe."

Die kleine Elfe staunt. „Du warst tatsächlich bei dem berühmten Drachen der Brenta-Dolomiten?!"

„Ja, das war vor meinem achtzehnten Geburtstag, als ich gemerkt habe, dass ich auf dem falschen Weg bin. Ich sollte nämlich zu dem Zeitpunkt Königin werden und dieses Königreich regieren. Dazu hatte man mich in all den Jahren mit viel Lese- und Lehrstoff vorbereitet. Doch meine Eltern und einige Feenwesen machten es mir möglich, noch einmal zurückzugehen und in den Höhlen zu lernen, wie ich gut für mich sorge. Ich habe noch einmal gespielt und gelernt, mich zu kuscheln, damit ich weiß, was ich brauche, um mich wohlzufühlen."

Lorena lächelt. „Das war sehr wichtig für dich. Wir Elfen lernen schon ganz früh, was wir benötigen, um uns wohlzufühlen.

Das sind ganz viele Blumen, ganz viel angenehme Düfte, eine frische, gesunde Luft und ab und zu etwas Sonnenschein. Wir lernen sehr früh, zu erkennen, was uns guttut. Und ich habe es mir jetzt schon gemerkt, woran ich erkennen kann, wer in Buhmanns Firma eine Person ist, der man vertrauen kann, und vor wem man sich in Acht nehmen muss. Ich werde allen in die Augen schauen."

Federica runzelt die Stirn. „Werden sie dann nicht misstrauisch? Werden sie deine wahren Absichten nicht dadurch schnell entdecken?"

Lorena lacht. „Im schlimmsten Fall werden sie mich für eine Libelle halten. Nein, mach dir keine Sorge! Nicht nur die böse Hexe Nüssli hat ihr Wissen erweitert, kann jetzt viel böser sein und sich weitaus mehr und besser verzaubern. Auch ich habe ein paar Elfen-Prüfungen abgelegt und kann mich besser unsichtbar machen. Außerdem weißt du doch, was das Wichtigste ist! Mit meiner überirdischen Lichtgeschwindigkeit bin ich so schnell, da halten mich die meisten Menschen für einen kühlen Windhauch."

Die Prinzessin atmet auf. „Dann bin ich zufrieden, weil ich mir nicht so viele Sorgen um dich machen muss."

„Das musst du sicher nicht, denn wir Elfen haben auch schon von Kindheit an gelernt, uns in Acht zu nehmen, besonders bei unserer außergewöhnlichen und enormen

Fluggeschwindigkeit. Unsere wichtigsten Sensoren müssen stets gut gereinigt werden, das ist das, worauf ich immer aufpassen muss."

Die junge Frau horcht auf. „Und welche Sensoren sind das?"

„Die Fledermaus-Sensoren. Sie haben zwar nichts mit Ultraschall zu tun, aber sie warnen uns vor allem, was uns aufhalten kann. Das System schützt uns davor, dass wir mit unserer ungeheuren Lichtgeschwindigkeit gegen Fensterscheiben oder andere fast unsichtbare Wände fliegen."

Federica seufzt. „Oh ja. Ich kann mir schon vorstellen, dass das sehr wichtig ist. Dann wünsche ich dir jetzt viel Erfolg und hoffe, dass wir alle bald mehr wissen, um schlimme Dinge verhindern zu können."

Die kleine Elfe nickt. „Oh ja, denn schließlich geht es um Haustiere, die der Fürsorge der Menschen ausgeliefert sind. Sie können sich nicht selbst helfen, und das kann für sie fatal sein. Ich werde mich schnellstens darum kümmern."

Kapitel 7

Nur wenige Wolken segeln am azurblauen Himmel Norditaliens. Maria durchquert mit Lotta den Park, in dem die Bäume und Büsche duften. Plötzlich entdeckt sie Ermanno, der ihr folgt, heute allerdings ohne Hund.

Voller Unruhe beschleunigt sie das Schritttempo, aber der junge Mann holt sie bald ein.

„Warum läufst du denn vor mir weg?" erkundigt er sich bei ihr.

„Das tue ich gar nicht", behauptet sie. „Läufst du mir denn nach?"

„Ich habe eine wichtige Frage an dich, und es geht um deinen Hund. Vielleicht machst du ja gerade mal eine Pause und hörst mir zu?"

Sie bleibt stehen und sieht ihn verärgert an. „Muss das denn jetzt sein?"

„Es ist sehr wichtig, und es geht um dich, aber auch um Lotta, und es ist dringend", wiederholt er.

Sie seufzt. „Also gut. Was gibt es denn?"

„Hast du dich für die Testreihe beim Tierfutter angemeldet?"

„Es geht dich zwar gar nichts an, aber ich kann es dir ruhig verraten: Ich bin nämlich gerade dabei, mir die ganze Sache zu überlegen. Auf der einen Seite benötige ich dringend Geld und wäre dankbar für einen warmen Regen und Segen dieser Art. Aber auf der anderen Seite ist diese Tierfutter-Firma auch noch sehr unbekannt, und keiner weiß, ob das Tierfutter wirklich gut für die Gesundheit unserer Lieblinge ist. Daher habe ich noch Bedenken und wollte noch einmal darüber schlafen. Allerdings muss man sich spätestens bis morgen angemeldet haben."

„Hat dich diese Schneekatze, diese Lucia angeworben?" erkundigt er sich.

„Nein, ich habe es in der Zeitung gelesen. Die Schneekatze hat wohl jetzt einen anderen Posten. Sie wirbt die Tester nicht mehr an, sondern betreut sie während der

Testphase. Das stand heute unter der Anzeige."

Er sieht sie verwundert an. „Ach, sie wirbt nicht mehr dafür? Hat das einen besonderen Grund? Ist das Tierfutter doch nicht so gut und vertrauenswürdig, wie es dargestellt wird?"

„Davon weiß ich nichts", entgegnet Maria. „Ich habe aber mit einer anderen Person gesprochen, die mir auch geraten hat, achtsam vorzugehen. Hast du auch vor, deinem Hund das Futter zur Probe anzubieten?"

„Ich bin mir auch noch nicht sicher, weil ich erst untersuchen möchte, was da alles drin ist. Ich dachte, du hast vielleicht schon zugesagt und wollte ein bisschen Futter von dir erbetteln, um es in meinem kleinen Labor zu untersuchen."

Sie hebt die Schultern. „Wie gesagt, ich habe mich noch gar nicht entschieden, und ich bin noch sehr unentschlossen."

„Möglicherweise könntest du dich anmelden, das Futter einsammeln, mir etwas davon überlassen, damit ich es untersuchen kann. Du musst es deinem Hund ja nicht unbedingt füttern, bevor ich dir gesagt habe, was da drin ist."

Sie zögert. „Ich weiß nicht so recht. Ich bin ein ehrlicher Mensch und solche krummen Touren liegen mir nicht."

Er lächelt sie an, und sein Lächeln wirkt sympathisch. „Das sehe ich dir an, dass du ein ehrlicher

Mensch bist. Und genau deswegen habe ich mich auch an dich gewandt. Denn du möchtest bestimmt nicht, dass es den Tieren durch dieses neue Futter schlecht gehen wird."

Sie seufzt. „Du meinst, jeder muss Verantwortung übernehmen und darf sich nicht raushalten?! Aber trotzdem ist es doch eine krumme Tour. Wie soll ich denn da nachher eine Testbewertung abgeben, wenn ich das Futter meinem Tier nicht anbiete?"

„Bis du eine Bewertung abgeben musst, bin ich mit meinen Laboruntersuchungen fertig. Dann kannst du immer noch entscheiden, ob du deinem Hund etwas davon füttern möchtest oder lieber nicht."

Sie zögert immer noch. „Ich weiß nicht recht. Ich muss mir das noch überlegen. Warum willst du eigentlich mir und meinem Hund etwas Gutes tun? Interessierst du dich immer so sehr für andere Leute?"

Er sieht sie ernst an „Ich mische mich ein, wenn ich denke, dass es wichtig ist. Ich mische mich ein, wenn ich glaube, jemandem helfen zu können. Ist das so unverständlich?"

„Bei dir schon. Du hast es bisher immer nicht ernst genommen, wenn es meinem Hund schlecht ging und er knurrte, weil er deinen nicht leiden kann. Also habe ich auch angenommen, dass du jetzt nichts Gutes im Sinn hast.

Ermanno schmunzelt. „Du hast einfach völlig falsch gedacht. Dein Hund knurrt nicht, weil er meinen Filippo nicht leiden mag, sondern weil er Angst vor ihm hat. Und daran können wir etwas ändern. Ich lade dich für heute Nachmittag mit Lotta in meine Wohnung ein. Dort können sich die beiden Hunde erst einmal ein bisschen beschnuppern, und du wirst feststellen, dass sie es lernen, sich zu vertragen. Natürlich könnten wir auch das gleiche bei einem gemeinsamen Spaziergang versuchen. Aber ich denke, Lotta tut es gut, wenn sie entdeckt, dass Filippo sie in seiner Wohnung, in seinem Reich willkommen heißt."

Maria atmet tief. „Du liebe Zeit! So viele Entscheidungen auf einmal, und bei allem habe ich so viele Zweifel. Ich weiß wirklich noch nicht, was ich davon halten soll."

Er lächelt sie an. „Dann lass doch deinen Hund entscheiden. Für das Hundefutter meldest du dich an und lässt Lotta einfach mal probieren, und wenn sie es nicht mag, bringst du es zurück und meldest dich von dem Test wieder ab! Und bei mir machst du es genauso! Du kommst mit Lotta einfach einmal vorbei und schaust, ob sie Lust hat, zu uns hereinzukommen!"

„Und warum sollte ich das tun?"

„Weil es schön ist, wenn du siehst, wie dein Hund für die Zukunft seine Angst verliert. Warum soll er immer weiter Angst vor Filippo haben und immer wieder knurren müssen?!"

„Da ist was Wahres dran", gibt sie nach. „Also gut. Wenn ich ein paar Minuten Zeit finde, schaue ich einmal bei dir vorbei. Wann bist du denn immer zu Hause?"

Sein Gesicht hellt sich auf. „Heute Nachmittag zum Beispiel. Aber auf jeden Fall ziemlich oft, weil ich die meiste Zeit im Home- Office arbeite."

„Naja, dann also bis irgendwann später", verspricht sie ihm und eilt davon.

Kapitel 8

Die Hexe Nüssli steht in der Küche am Mixer und füllt rote Beeren in den Trichter. „Gib mir noch etwas Ingwer und eine Prise Pfeffer!" bittet sie ihren Sohn.

Er reicht ihr die gewünschten Zutaten. „Und das schmeckt?" fragt er sie zweifelnd.

„Es ist einzigartig, und wirkt sehr belebend. Du wirst damit zu ungeahnten Kräften kommen. Wie weit bist du gekommen?"

„Sehr weit", berichtet er. „In meiner Verkleidung erkennt mich kein Mensch. Nicht einmal die Prinzessin hat mich im Park erkannt, als ich an ihr vorüberging. Allerdings war sie auch gerade in ein Gespräch mit dieser

Schneekatze vertieft. Die ist leider auch wieder am falschen Ort. Warum kann sie nicht mal in ihrer Gletscherregion bleiben?!"

„Sie ist auch wieder mit dabei? Das ist ärgerlich, denn sie ist sehr schlau. Wenn du ihr begegnest und sie dich erkennt, musst du große Dankbarkeit heucheln. Schließlich hat sie dir vor einiger Zeit alle deine Mäuse erfolgreich aus dem Weinberg von San Remo vertrieben. Mach deine Feinde zu Freunden, und du weißt immer, was los ist!"

„Ja, ja! Ich weiß selbst, was ich zu tun habe. Weißt du eigentlich, wie alt ich bin? Mit meinem halben Jahrhundert konnte ich eigene Erfahrungen sammeln und bin gewappnet. Was hast du eigentlich inzwischen getan? Konntest du dich in die Firma einschleichen?"

Die Hexe stellt den Mixer an, aber ihre schrille Stimme übertönt das Brummen. „Ich habe mich in eine entzückende junge Sekretärin verwandelt und darf sogar Akteneinsicht haben, auch wenn ich nur im zweiten Büro sitze. Für das erste Vorstellungsgespräch bei dem Tölpel Buhmann habe ich mir Schuhe aus Rom schicken lassen. Mit den Absätzen kannst du Löcher in die Akten stanzen. Mein enganliegendes Kleidchen stammt aus Paris und zeigt mehr, als es verhüllt. Du hättest Norberts gierige Blicke einmal sehen müssen! Er sah aus, als wollte er mich verschlingen."

Hieronymus sieht seine Mutter ungeduldig an. „Ja, ich weiß ja schon, dass du ein raffinierter, Männer mordender Vamp sein kannst! Du fühlst dich wohl super als Sexy-Biest?! Aber wehe dem, der dich in der Geisterstunde sieht! Diese Geschichtchen, die du wohl für dein stets hungriges Selbstbewusstsein zum Aufbau deines Egos brauchst, interessieren mich nicht. Was hast du in der Firma erreicht? Was ist mit dem Tierfutter los? Ist es einfach nur ein Billigfutter?"

„Nein, ist es natürlich nicht. Jedenfalls nicht nur. Und abgesehen davon ist es sehr minderwertig, aus Resten und Fleischabfällen, minderwertigen Getreiden und einigen nicht ungefährlichen Substanzen, die gerade noch an der unteren Grenze der Legalität liegen."

„Und, ist das alles?" fragt er ungeduldig.

„Nein, noch lange nicht. Buhmann hat mir die ganze Fabrikanlage gezeigt. Von außen sieht sie aus wie ein riesiger Bauernhof, sehr hübsch für die Menschen dort, denn das Ganze passt in ihre lächerlich friedliche und romantische Landschaft. Aber in den Lagern und Laboren gibt es eine fantastische Auswahl an Psychopharmaka."

Er staunt. „Psychopharmaka für die Tiere?"

„Zuerst ist mir ein Stoff aufgefallen, der wohl vermutlich in jedes Futter hineinkommt. Er macht nämlich süchtig. Wenn die Tiere einmal davon gefressen haben, mögen sie kein anderes Futter mehr. Die Tierhalter werden gezwungen sein, diese Nahrung immer wieder nachzukaufen. Was mit den vielen anderen Ingredienzen passiert, muss ich erst noch herausfinden. Ich durfte mein Interesse schließlich nicht mehr als nötig zeigen, sonst wäre ich auch diesem blöden Buhmann noch verdächtig vorgekommen."

„Bis jetzt hört sich das für mich noch relativ normal an", findet Hieronymus. „Solche reizvollen Süchtigmacher gibt es wohl nicht nur in Tierfutter, sondern auch in menschlicher Nahrung."

Sie geht darauf nicht ein. „Als ich mich mit dem Chef dann in meinem Büroraum aufhielt, wollte ich ihm beweisen, dass ich mit dem Computer zurechtkomme. Da habe ich direkt meinen neuesten Hexentrick ausprobiert und in seinem Hauptbüro das Telefon klingeln lassen. Tatsächlich ist er darauf angesprungen und hat den Raum kurz verlassen."

„Und? Was hast du dann gemacht? Hast du dir alle Dateien auf einen Stick runtergeladen?"

„Nein, dazu habe ich später noch Gelegenheit, wenn ich dort so tue, als würde ich arbeiten. Ich habe ganz merkwürdige Dinge gefunden, die darauf hindeuten, dass der tölpelhaft wirkende Chef noch ganz andere Dinge mit den Tieren plant."

„Was denn? Will er eine Tierzucht beginnen?"

„Nur so nebenbei, mit solchem Kleinkram scheint er sich nicht viel abgeben zu wollen. Er hat Verbindungen zu anderen Laboren in aller Welt. Und es sieht so aus, als ging es unter anderem auch um Tierversuche. Vermutlich will er durch das Tierfutter und die Test-Tiere, erst einmal legale Verbindung zu Tierhaltern schaffen."

„Laborversuche mit Tieren? Ist das denn in der modernen Welt überhaupt noch notwendig? Wird das heutzutage überhaupt noch gemacht?"

„Ich habe gerade ein paar Zahlen aus unserem etwas weiter entfernten, aber doch sehr bekannten adretten Nachbarland Deutschland. Im Jahr 2022 verwendete man über vier Millionen Versuchstiere in den Laboren, die größtenteils den Tod fanden. Über eine Millionen Versuchstiere wurden extra für Versuche gezüchtet. In diesem Land waren die meisten Tiere Mäuse, Fische, Ratten und Kaninchen, aber beachtenswert sind auch die Zahlen der anderen Tiere. In demselben Jahr verwendete man auch über zweitausend Hunde, über zweitausend Primaten und über fünfhundert Katzen.“

Hieronymus schluckt. „Und das alles in einem Jahr? Jetzt frage ich dich einmal, ob das alles so richtig ist. Sind wir jetzt die Bösen, oder gibt es da vielleicht noch ganz andere?"

„Wenn man bedenkt, dass Versuchstiere, die ihren Zweck erfüllt haben, nicht bis zu ihrem natürlichen Ableben versorgt werden, zweifle ich wirklich an der Tierliebe einiger Menschen."

Hieronymus atmet tief. „Und du willst wirklich in das Geschäft dieses Norbert Buhmann einsteigen? Wir haben ja schon viel gegen die Menschen unternommen und haben Freude daran gehabt, wenn wir sie gegeneinander aufhetzten, damit es zu Streit und

Chaos kam. Aber das hier, geht mir doch zu weit."

„Noch wissen wir ja nicht, was dieser seltsame Mensch hier vorhat. Bisher habe ich mich auch noch nicht an unschuldigen Tieren vergriffen, so schlecht wie die Menschheit sind wir anscheinend doch nicht."

Ihr Sohn atmet auf. „Dann bin ich froh, dass wir anders sind. Und jetzt, was willst du denn weiter machen? Wie willst du dich verhalten?"

„Ich habe die Arbeit als Sekretärin angenommen, aber nur um erst einmal zu erfahren, was da alles so läuft und was dieser Buhmann wirklich vorhat. Wenn wir das wissen, werden wir nach Hexen Art reagieren."

„Gut, dann bleibe ich auch hier und werde ebenfalls beobachten, was da alles vor sich geht und wer sich noch alles einmischt."

„Tatsächlich beobachtet auch Prinzessin Federica mit ihren menschlichen und tierischen Freunden die ganzen Entwicklungen ebenfalls vor Ort, das ist mir schon zu Ohren gekommen."

„Was willst du dagegen tun, du warst schon immer gegen sie, weil sie ein guter und manchmal sogar gutmütiger Mensch ist. Willst du sie auch wieder ausschalten wie früher, wieder hypnotisieren oder verzaubern?"

„Im Moment ist sie mir nicht wichtig. Sie hatte gerade versucht, ein Internat für Kinder zu eröffnen, in dem viele Künstler und Musiker mit Kindern arbeiten können. Aber momentan geht es nicht so recht voran, und ich ahne auch schon, wer dafür verantwortlich ist."

„Nun, mich würde es auch freuen, wenn jemand dieser Prinzessin wieder Steine in den Weg legt. Ich habe es ihr nämlich noch nicht vergessen, dass sie sich mir damals mehrmals widersetzt und aus meinen Fängen befreit hat."

„Das kann ich mir denken, mein Sohn. Tatsächlich hat sie mehrere Jahre lang versucht, aus dir einen freundlichen Menschen zu machen, obwohl es vergebene Liebesmühe ist, aus einem Hexensohn einen manierlichen jungen Mann zu zaubern."

„Sie führt ein schrecklich langweiliges Leben", findet er. „Das Salz in der Suppe sind doch Streit und Chaos, und nach wie vor fühle ich mich sehr wohl, wenn ich meckere oder andere Leute runterputzen kann."

„Das hast du von deinem Vater", bemerkt die Hexe. „Vielleicht wird es dir eines Tages auch langweilig werden, wenn dir keiner mehr richtig zuhört. Aber um Federica scheint sich jetzt einer zu kümmern, der sich vermutlich auch an ihr rächen möchte."

Hieronymus reißt die Augen auf. „Wer sollte sich an der Prinzessin rächen wollen? Sie hat doch niemandem etwas Böses getan. Das kann sie doch gar nicht, denn sie ist doch diejenige, die es immer allen recht machen möchte."

„Auch das kann jemanden ärgern, oder sogar in Wut bringen."

„Und wen meinst du jetzt? Spann mich doch nicht so auf die Folter. Wer hindert sie, das Projekt mit den Kindern planmäßig durchzuführen?"

„Es ist der Drache Polka selbst, der in den Höhlen der Brenta-Dolomiten lebt. Federica war selbst schon einmal dort in seinen unterirdischen Gängen. Aber seit einiger Zeit rumpelt es dort ordentlich, und es gibt viele Gerölllawinen. Mit einem gewaltigen Felssturz könnte er ihr Projekt zunichtemachen."

Er sieht sie überrascht an „Wie kommst du darauf?"

„Sein menschlicher Freund, Professor Hahnemann hat ihr Projekt gestoppt, weil er behauptet, es läge in einer Gefahrenzone."

„Und woher weißt du das?"

„Ich habe gelauscht, als das Untersuchungskomitee tagte. Sie trafen sich nämlich gestern im Dorfgasthof, aber weil das Wetter so schön war, verlegten sie ihre Runde in den Biergarten."

Hieronymus schmunzelt. „Du hast aber deine Ohren auch überall", meint er anerkennend.

„Das will ich meinen", antwortet sie grinsend. „Und deswegen bin ich stets im Vorteil. Du wirst es feststellen können: Ich werde die Erste sein, die alles über Norbert Buhmanns Projekt erfährt."

Kapitel 9

Mario betritt das Büro, das im Obergeschoss des Schlosses für Federica eingerichtet wurde.

Liebevoll betrachtet er seine Freundin. „Wie schön, dass ich dich heute selbst antreffe! Gestern habe ich mehrmals versucht, dich zu erreichen, aber ich fand nur deine neue Sekretärin, Lauras Mutter vor. Im Augenblick haben wir so viel Stress, dass wir uns kaum noch privat sehen können."

Sie seufzt. „Ja, das finde ich auch sehr schade. Aber im Augenblick ist die Situation sehr gespannt, und wir müssen alle gemeinsam für Lösungen sorgen."

„Ich habe auch die schlechte Nachricht vom Stopp deines

Projektes gehört", sagt er bedauernd. „Haben sich die Gutachter schon über das Warum geäußert?"

„Nein, bis jetzt noch nicht. Deswegen habe ich die fünfzehn Kinder, die schon in den kommenden Tagen in den Bauernhof einziehen sollten, bei mir hier im Schloss untergebracht."

Er lächelt. „Das ist doch auch sehr hübsch. Manche Kinder möchten gern einmal in einem Schloss leben. Hier ist alles besonders feierlich."

„Es ist für einen Moment ganz hübsch, in einer feierlichen Atmosphäre zu leben, aber es gibt hier keine kindgerechten Möglichkeiten zum Spielen oder zum Toben. Auch müssen sie hier jeweils in Gruppen zusammen in großen Zimmern schlafen, während sie auf dem Bauernhof jeder ein eigenes Zimmer besitzen, in denen sie frei schalten und walten können. Das fördert ihre Kreativität und ihre Eigenständigkeit."

„Das sieht allerdings dann schon ganz anders aus", gibt er zu. „Und was machst du mit den Lehrkräften? Ich habe gehört, dass sie auch inzwischen schon angekommen sind."

„Richtig, das sind zwei Lehrerinnen und zwei Lehrer. Eine junge Engländerin, Tilda möchte den Kindern die Poesie näherbringen, ein Franzose, Pierre Chanson kümmert sich um ihre Sinne, er stellt Duftessenzen für alle möglichen Zwecke her. Kunigunde Schnecke aus Deutschland malt und bastelt mit den Kids, und Vito aus Italien kocht und bäckt mit ihnen. Ich habe sie alle ebenfalls im Schloss untergebracht, und sie sind sehr dankbar dafür."

„Dann habt ihr im Moment viele Gäste", findet Mario. „Hab ich es richtig verstanden, dass keiner dabei ist, der dich bei der musikalischen Leitung unterstützt?"

Sie lächelt. „Ich wünsche mir, dass du eines Tages so weit bist, um mir helfen zu können. Wie viele Auslandssemester möchtest du noch in Frankreich belegen?"

Er überlegt „Da bin ich mir noch nicht sicher, es gibt so viel, das ich noch dort lernen kann. Aber an den Wochenenden werde ich dich schon einmal unterstützen können. Du hast ja auch noch deinen berühmten Chor, um den du dich kümmern musst. Wird dir das nicht zu viel? Das gibt doch bestimmt auch einigen Stress."

„Das ist positiver Stress", behauptet sie. „Und er ist gesund. Aber die momentane Situation macht mir schon zu schaffen. Der Bauernhof steht leer, und die Lebensmittel sollten schon geliefert werden. Im letzten Moment habe ich sie zum Schloss umleiten können. Noch viel schlimmer finde ich die Situation mit Norbert Buhmann. Maria, eine nette junge Frau aus San Lorenzo hat mich angesprochen. Sie ist sich auch nicht sicher, ob man sich auf diese Testaktion einlassen soll."

Er nickt verstehend. „Hast du denn eine Möglichkeit gefunden, den Buhmann und seine Firma zu kontrollieren?"

„Die Schneekatze hatte sich zuerst zum Anwerben der Testpersonen gemeldet, damit sie überhaupt einmal in der Firma Fuß fassen kann. Aber dann fand sie ihre Position doch zu unverantwortlich und arbeitet nun stattdessen als Betreuer der Testtiere. Unser schlaues Murmeltier Laura wird dort im Fabrikgelände als eine Art Katze geduldet, weil sich keine Katze dort bereit erklärt hat, in diesen Hallen die Mäuse zu verjagen. Dabei ist Laura Vegetarierin."

„Damit könnt ihr aber nicht viel Einblick in Norberts Buhmanns Machenschaften erlangen", findet Mario."

„Das stimmt, aber seit gestern ist Lorena aus Florazien zurückgekehrt und erkundet die Lage. Glücklicherweise ist sie klein und dazu sehr schnell. Wir setzen alles auf die Hilfe der kleinen Elfe."

Mario freut sich. „Das ist wenigstens einmal eine gute Nachricht. Was hältst du denn von der Sache? Wie sind deine Gefühle für das Projekt von Buhmann?"

„Meine Gefühle sind sehr skeptisch. Die weite Welt ist groß, und dieser Geschäftsmann könnte sich überall ansiedeln, aber da er in unser Tal, in das fast romantische Gelände eingezogen ist, sieht es für mich fast aus wie ein Versteck. Hier gibt es keinen Platz für große Lagerhallen, keine großen Parkplätze für riesige LKWs. Hier wird er sich hauptsächlich auf seine mehr oder weniger versteckten Labore konzentrieren. Dieser Gebäudekomplex war mal ein großer Gutshof und passt sich in seiner Bauweise sehr schön in die Gegend ein. Aber wer weiß, was jetzt hinter seinen Mauern geschieht?"

„Das klingt wirklich merkwürdig", stimmt ihr Mario zu. „Hat er denn hier von euch eine Dauer-

Aufenthalts-Genehmigung erhalten?

Die Prinzessin schüttelt den Kopf. „Nein, er hat nur einen befristeten Mietvertrag bekommen, weil wir tatsächlich erst einmal sehen wollen, ob er sich in unser soziales und umweltbewusstes Gefüge einordnen kann."

Er atmet auf. „Das ist gut. Dann kann er sich hier nicht mit Betrügereien einnisten. Auf der anderen Seite muss er hier auch damit rechnen, dass man ihm genau auf die Finger schaut. Ihr habt letztlich wieder einmal einen Orden für euren Umgang mit einer sauberen Umwelt erhalten, als ihr die Vergiftungen des Baches entdeckt habt und die Sauberkeit wiederherstellen konntet.

Entweder ist er sehr dumm, oder er ist sehr schlau, dass er sich gerade hier in eure Ecke traut."

„Genau das haben wir uns auch überlegt, die Fee Lamina, die Schneekatze Lucia und ich. Entweder ist er sehr dreist und beginnt hier an einem harmlosen Ort mit gemeinen Betrügereien, weil er sich ausmalt, dass man es ihm hier nicht zutraut. Oder aber er glaubt, dass wir ihm nicht auf die Schliche kommen."

„Oder er bewegt sich tatsächlich innerhalb der Legalität, denn die ist auch wie Kaugummi in vielen Gesetzen, gerade was das Tierfutter anbelangt. Beim Billigfutter ist es tatsächlich noch nicht verboten, sehr minderwertige Ware anzubieten, mit denen man die Tiere krank machen kann."

„Im Grunde genommen kann der Mensch sich auch täglich ungesunde Ware kaufen, denk nur mal an Zigaretten oder die vielen Süßigkeiten! Aber der Mensch kann eben selbst entscheiden, was er mit seiner Gesundheit anstellt, während die Tiere auf den Tierhalter angewiesen sind. Und die kennen sich oft überhaupt nicht aus. Wie sollen sie auch, wenn die Inhaltsstoffe nicht deutlich deklariert werden müssen."

„Ja, das habe ich auch schon bemerkt", berichtet der junge Mann. „Erst neulich sah ich eine junge Frau, die in einem Supermarkt das große Angebot von Tierfutter anschaute. Sie betrachtete die einzelnen Behälter, begutachtete sie, legte alles wieder zurück und entschied sich letztendlich für das Billigfutter."

So wird es vielen Menschen gehen, die zwar ihre Tiere gernhaben, aber nicht genügend Mittel besitzen, um sie mit dem besten Futter ernähren zu können. Sie sparen sich oft vom eigenen Essen das Geld für das Tierfutter ab, und es fällt ihnen schwer, die Steuer für ein Tier zu bezahlen."

Mario seufzt. „Da sind wir bei einem ganz traurigen Thema angelangt. Viele Tiere tun mir da sehr leid, denn nicht alle Menschen sind geeignet, Tiere zu halten, und das aus den verschiedensten Gründen. Oft haben sie nicht das

Geld, auch nicht die Zeit und genauso oft auch nicht das Verständnis für die Tiere, die sie sich anschaffen. Und dann gibt es auch noch die Affen-Liebe von den Menschen, die sich Tiere als Ersatz- Menschen halten und ihnen die menschlichen Angewohnheiten aufzwingen. Darüber sollte man auch einmal nachdenken und neue Gesetze schaffen."

„Vielleicht sollten wir hier als erstes Land anregen, das, wovon ich schon so lange spreche", überlegt Federica.

„Und was wäre das?"

„Ich plädiere für einen Kinderführerschein und einen Tierhalter-Führerschein. Wer ein Kind möchte, sollte erst einmal alles über Kinder lernen und in einer Prüfung beweisen, dass er fähig ist, mit Kindern umzugehen. Das gleiche gilt eben auch für die Tiere, die der Mensch in seine Gesellschaft holt."

„Dann sind wir wohl bald beim Partnerführerschein", fügt Mario grinsend hinzu.

„Das kann auch nützlich sein", findet sie. „Den Vorschlag finde ich auch nicht schlecht."

Er atmet tief. „Und wie geht es jetzt weiter?"

„Wir warten jetzt ab, was uns Lorena über die Firma berichtet. Und möglicherweise kann uns Lucia schon bald eine Probe des

Futters bringen, dann können wir es im Labor untersuchen lassen. Das gibt einen weiteren Aufschluss."

„Hört sich gut an", findet er. „Und wie geht es jetzt mit dem Internatsbauernhof weiter?"

„Da müssen wir auch abwarten, was mir der Pressesprecher des Gremiums berichtet. Bis dahin werden wir versuchen, die Kinder im Schloss ein wenig sinnvoll zu beschäftigen. Es werden sich schon ein paar Plätzchen finden, wo man mit ihnen musizieren kann. Und auch für die anderen Künste werden wir die Räume ein wenig herrichten können. Glücklicherweise ist in der riesigen Schloss-Küche genügend Platz, sodass der Koch Vito schon bald mit seinen Kursen beginnen kann. Ich hoffe, dass er sich mit Helene verträgt, die im Moment dort der Chef ist."

„Möchtest du die Kinder nicht für ganz im Schloss einquartieren?" schlägt er vor.

„Nein, ganz bestimmt nicht. Wie ich dir schon sagte, auf dem Hof oben haben alle Kinder ein eigenes Zimmer, und die Luft ist zudem noch viel besser als hier im Tal. Vom Internats-Hof aus sind es nur wenige Schritte bis in die zauberhafte Bergwelt, die alle Sinne öffnen kann."

„Ja, das leuchtet mir ein. Dann kann man nur hoffen, dass sich die Probleme bald lösen. Und wie geht es mit uns weiter? Hast du heute

Abend Zeit für ein kleines Dinner zu zweit?"

Die Prinzessin seufzt. „Damit müssen wir leider noch etwas warten. Im Augenblick muss ich mich um die Kinder kümmern und später habe ich ein Treffen mit Lorena. Danach erwarte ich den Pressesprecher und Adelaide aus Sankt Augustine wird auch für eine Weile unser Gast sein. Sie meinte, auch sie könne uns vielleicht in dieser heiklen Situation helfen. So habe ich also den ganzen Abend noch Termine. Aber wenn du Lust hast, kannst du morgen bei mir frühstücken."

Er hebt die Augenbrauen. „Tut mir leid. Morgen früh habe ich einen Termin mit meinem Mentor, dem kann ich unmöglich absagen. Dann ist es wohl besser, wenn wir unser nächstes Zusammensein dem Zufall überlassen."

Federica seufzt. „Es gibt eben immer mal Zeiten mit Problemen, da müssen die eigenen Wünsche zurückstehen. Aber ich bin ganz zuversichtlich, dass wir alles schaffen."

Er küsst sie flüchtig auf die Stirn und verabschiedet sich.

Kapitel 10

„Komm herein", fordert Ermanno die junge Frau auf, die mit ihrem Hund an seiner Eingangstür steht.

Maria sieht ihn zweifelnd an. „Soll ich es wirklich wagen? Schau nur die kleine Lotta an! Wie aufgeregt sie hier am Türrahmen herumschnüffelt!"

Er lächelt. „Sie ist aufgeregt, natürlich. Immerhin hat sie ein Rendezvous mit einem netten Hund. Und merkst du? Sie knurrt überhaupt nicht."

Vorsichtig tastet sich die junge Frau in den Flur, der junge Mann schließt die Tür und fordert sie auf, den Hund von der Leine zu lassen. „Hab Vertrauen!" rät er ihr, und sie folgt ihm zögernd ins Wohnzimmer.

In der gemütlichen, mit Bauernmöbeln eingerichteten Ess-Ecke wartet der Labrador Filippo, ebenfalls aufgeregt und mit leicht zitterndem, aber auch freundlich wedelndem Schwanz.

Argwöhnisch betrachtet Maria den großen Hund und stellt sich schützend vor Lotta.

„Wird das bestimmt auch gut gehen?"

Ermanno nickt. „Siehst du nicht, wie freudig deine Hündin erwartet wird? Vertraue den Tieren und vertraue mir!"

Während Filippo in seiner Ecke sitzen bleibt, spaziert Lotta im

Zimmer herum, die Nase tief am Boden. Sie zeigt keinerlei Anzeichen von Angst oder Unsicherheit, sondern schnuppert überall, ohne zu knurren, bis sie zu Maria zurückkehrt und neben ihr Platz nimmt.

Ermanno lächelt. „Die erste Hürde ist geschafft. Jetzt brauchen wir nur weiter abzuwarten, und inzwischen können wir schon einmal eine Tasse Tee oder Kaffee trinken. Was möchtest du?"

„Lieber eine Tasse Tee", wünscht sie sich.

„Dann nimm schon einmal Platz!" bittet er sie und verschwindet in der Küche.

Inzwischen beobachtet die junge Frau die beiden Hunde, die sich erst einmal nicht weiter zu beachten scheinen.

Einen Moment später kehrt der junge Mann zurück, bittet Maria an den Tisch und serviert seinem Gast heißen Tee und frisch gebackene Plätzchen.

Lotta setzt sich neben ihr Frauchen, und Filippo nimmt neben Ermanno Platz, beide Hunde sehen friedlich aus.

„Schau nur! Es wird immer besser!" findet der junge Mann. „Jetzt haben sie nur noch einen Meter Abstand."

Marie staunt. „Das hätte ich nie gedacht. Warum hat sie denn deinen Hund früher immer abgelehnt? Jetzt ist sie mit ihm einverstanden."

„Sie hatte nur Angst vor ihm. Wahrscheinlich hatte sie noch nie viel Kontakt mit großen Hunden aber diese Begegnung tut ihr gut. Du solltest öfters mit ihr vorbeikommen!"

Maria betrachtete ihr Gegenüber genauer. Eigentlich ist er genau ihr Typ und sein Lächeln lässt ihn geradezu schön erscheinen. „Das werde ich Lotta überlassen. Wenn sie Sehnsucht nach Filippo hat, kann sie es mir ja mitteilen."

Ermanno schmunzelt. „Ich wusste gar nicht, dass du so gut mit deinem Hund reden kannst. Verstehst du nur Lottas Sprache oder die Sprache aller Hunde?"

„Das habe ich noch nicht ausprobiert", kontert sie. „Aber die

Wünsche meiner Hündin kann ich fast immer erraten. Wie sieht es jetzt eigentlich mit dir und dem Futtertest aus? Lässt du deinen Hund daran teilnehmen?"

„Ich werde ihn tatsächlich einmal dafür anmelden, aber nur, wenn man uns erlaubt, wie versprochen, die Tiere auch zu Hause zu füttern. Am Anfang hieß es ja, dass man die Tiere dafür vier Wochen dort lassen muss. Und dieses ist Angebot war natürlich nicht akzeptabel."

Sie staunt. „Oh! Das wusste ich gar nicht. Nein, ich hätte meinen Hund auch niemals allein dort gelassen."

„Die Herrchen und Frauchen dieser Test-Hunde waren natürlich auch mit eingeladen, aber auch dies war keine Alternative für mich", teilt er ihr mit.

„Für mich auch nicht", stimmt sie zu. „Aber was hat denn zu dieser Veränderung geführt?"

„Das haben wir alles der Schneekatze zu verdanken. Sie war zuerst als Tier-Werberin eingestellt worden, aber mittlerweile hat sie den Posten zur Betreuung der Testpersonen übernommen, und zwar in dem jeweiligen Zuhause der angemeldeten Vierbeiner. Sie wird auch dabei die gesundheitlichen Reaktionen beobachten und alle Messungen vornehmen."

„Die Schneekatze genießt eigentlich ein sehr großes Vertrauen", weiß Maria. „Ich denke, ich werde es einmal genauso probieren, wie du es machst. Ich werde mich mit Lotta zum Test anmelden und schauen, ob mein Hund dieses Futter überhaupt mag. Bei wem muss man sich denn melden? Im Büro der Firma?"

„Nein, du kannst die Schneekatze in ihrer neuen kleinen Dachwohnung am Stadtrand besuchen oder dich im Internet online anmelden. Lucia besucht dich dann und nimmt alles weitere in die Hand."

„Ich bin mir im Moment noch total unsicher", gesteht sie ihm.

Er sieht sie liebevoll an „Du kannst dich völlig auf mich verlassen. Und ich bin für dich da, wenn du mich brauchst."

Aufmerksam sieht sie ihn an, senkt den Blick in seine Augen und fragt sich: Kann ich ihm vertrauen? Sie entdeckt nur Wärme und keine Spur von Falschheit in seinem Blick.

„Danke für dein Angebot, und ich nehme es an. Du kannst dir vorstellen, dass mir Lotta sehr wichtig ist und ich ihr nicht schaden möchte."

„Natürlich! Aber schau nur!" fordert er sie fröhlich auf und zeigt auf den Boden. „Da haben sich zwei gesucht und gefunden." Marias Blick folgt seinem Finger und sie entdeckt die beiden Hunde, die sich beschnuppern und dabei fröhlich wedelnd ihre Sympathie bekunden.

„Wie schön!" freut sie sich und strahlt ihn an. „Das war wirklich eine geniale Idee von dir. Wie gut, dass du jetzt hier hergezogen bist, da kannst du Lotta helfen, sich zu integrieren und Freunde zu finden."

Er schmunzelt. „Ich bin Lotta sehr dankbar, dass sie Filippo wiedersehen möchte. Da freut sich nämlich nicht nur mein Hund."

Maria sieht Ermanno skeptisch an. „Du meinst, wir könnten auch Freunde werden?"

Er lächelt. „Oh, ich denke, so weit sind wir schon, falls dir mein Tee geschmeckt hat. Als ich dich das erste Mal sah, habe ich mich sofort in dich verliebt, und ich wünsche mir, du könntest die gleichen Gefühle für mich entwickeln."

Sie stöhnt leise. „Ich, ich weiß nicht. Ich glaube, ich bin momentan in einer komischen Phase, eher ein wenig ängstlich und zögerlich."

„Wahrscheinlich hast du viel Stress gehabt, und jetzt machst du dir eben noch viel Sorgen um Lotta. Vermutlich hast du auch nicht gerade einen Lottogewinn gemacht, denn sonst würdest du dich kaum für diesen Test melden."

„Ja, mit deinen Vermutungen hast du absolut recht. In der Vergangenheit hatte ich allerlei Schwierigkeiten, die auch ziemlich viel Geld gekostet haben. Jetzt muss ich erst mal an allen Ecken und Enden sparen. Da wäre so ein warmer Regen der Firma Buhmann gar nicht schlecht."

„Ja, Geld ist immer verlockend, aber versprich mir, dass du die ganze Sache langsam angehst. Gib Lotta noch kein Futter, bevor ich dir nicht dazu grünes Licht gegeben habe!" bittet er sie.

Maria nickt. „Das ist mir recht, ich werde auch weiter mit der Prinzessin kommunizieren, sie beobachtet die ganze Sache ebenfalls.

Er horcht auf. „Federica? Sie kümmert sich selbst darum?"

„Ja. Wir haben eine gute Prinzessin, sie trägt gern Verantwortung, und dabei ist sie noch nicht einmal die amtierende Königin. Ihre Eltern haben noch die Regentschaft, aber sie kümmert und sorgt sich trotzdem schon um alles."

„Dann steht sie diesem Projekt bestimmt auch skeptisch gegenüber", vermutet er.

„Das glaube ich auch", stimmt sie ihm zu. „Aber jetzt möchte ich deine Gastfreundschaft nicht länger strapazieren. Außerdem war das auch für Lotta jetzt ein sehr aufregendes Ereignis, und sie sollte zu Hause erst einmal zur Ruhe kommen." Maria springt auf. „Ich danke dir für deine Hilfe und die nette Zeit bei dir." Wie automatisch befestigt sie die Leine am Hundehalsband.

Er erhebt sich ebenfalls und bringt seinen Gast und die

widerstrebende Lotta zur Haustür. „Danke dir für deinen Besuch! Ich freue mich schon aufs nächste Mal. Oder darf ich dich noch nach Hause bringen?"

Sie sieht in zweifelnd an. „Lieber nicht! Ein paar Schritte allein durch den Park werden mir jetzt guttun. Es gehen mir einfach zu viele Gedanken durch den Kopf, und die muss ich jetzt erst einmal sortieren."

„Okay", sagt er freundlich, umarmt sie flüchtig und küsst sie leicht auf die Wange. „Dann bis zum nächsten Mal!"

Nachdenklich, mit aufgewühlten Gefühlen macht sich die junge Frau auf den Weg durch den Park. Die Abendsonne grüßt freundlich hinter den Bäumen und blinzelt ihr durch die Blätter zu.

Wer war er nur, diese Ermanno? Ein Mann zum Verlieben? Jemand, der Gesellschaft für seinen Hund suchte? Konnte man ihm vertrauen, oder warb er auch heimlich für Test-Tiere, ohne es öffentlich zu zeigen?

Kapitel 11

Federica reicht der guten Fee ein Stück Pizza. „Probier mal! Unser neuer Koch ist wirklich ein Spezialist, die Pizza von Vito schmeckt ausgezeichnet."

„Du hast wirklich Glück mit deinen Lehrkräften. Sie alle sind Künstler, jeder auf seinem Gebiet." Lamina knabbert an dem Gebäck. „Ja, diese Gewürzmischung ist einmalig automatisch. Sicher kommt der Koch aus Neapel, denn dort ist die Pizza erfunden worden."

„Wenn nur alles so laufen würde", wünscht sich die Prinzessin. „Leider gibt es wegen des Internats keine guten Nachrichten. Es geht um das Schmelzwasser, das unter Umständen im Frühjahr zu

Überflutungen der Wohnanlage führen könnte. Durch die Klimaerwärmung sind die Flüsse und auch die Wildbäche jetzt jedes Jahr mehr über die Ufer getreten. Jetzt versucht ein berühmter Landschaftsarchitekt eine Problemlösung zu finden."

Die Fee lächelt. „Ich bin ganz zuversichtlich. „Ich kenne diesen Herrn von früher. Er konnte schon in vielen verzwickten Situationen etwas entwickeln, das alle Probleme löste. Und bis jetzt klappt es ja mit den Kindern hier im Schloss auch ganz gut. Sie scheinen sich ganz wohlzufühlen, schließlich ist es ja auch nur vorübergehend."

In diesem Augenblick fliegt Lorena durch das offene Fenster herein.

„Endlich finde ich euch! Ich habe euch schon überall gesucht."

„Wir haben uns gerade etwas gestärkt", teilt ihr die Fee mit. „Es ist eine turbulente Zeit, aber trotzdem müssen wir uns zum Essen Zeit nehmen, denn das hält Leib und Seele zusammen."

„Das kann ich gut verstehen", behauptet die kleine Elfe. „Ich habe eben auch etwas Honig geschleckt. Und es ist gut, dass ihr euch gestärkt habt, denn die Nachrichten, die ich mitbringe, sind sehr schlecht."

Die beiden Frauen erschrecken und sehen Lorena erwartungsvoll an..

„Was ist denn passiert?" erkundigt sich Federica.

Die kleine Elfe seufzt. „Ich habe von der Schneeeule erfahren, dass sich sowohl die Hexe Nüssli als auch ihr Sohn Hieronymus in San Lorenzo befinden. Beide erkennt man allerdings nicht an ihrem üblichen Aussehen, denn sie haben sich in attraktive Menschen verwandelt."

„Das ist ja schrecklich", findet die Prinzessin. Was haben die noch vor? Wollen sie sich vielleicht mit Buhmann zusammenschließen, oder stecken sie sogar dahinter?"

„Keine Sorge, das werde ich alles herausbekommen", verspricht das winzige Wesen mit den zarten Flügeln. „Aber es kommt noch viel schlimmer."

Lamina stöhnt. „Noch schlimmer? Das allein ist schon einmal eine große, nicht greifbare Bedrohung."

„Ja, das kann alles bedeuten, nur nichts Gutes", stimmt Lorena zu. „Aber über Buhmann gibt es leider auch nur schlimme Nachrichten. Rechnet mit dem Schlimmsten! Tatsächlich hat er einige Ingredienzen in seinen Vorratskammern der hiesigen Niederlassung seiner Fabrik, mit denen man Tiere nach diesem Futter süchtig machen kann. Des Weiteren ist er weltweit vernetzt mit vielen Laboren, die sich mit Tierversuchen beschäftigen. Wir müssen ihn jetzt also auf Schritt und beobachten, damit er hier kein Unheil anrichten kann."

„Das können wir nicht zulassen, beschließt Federica. „Bevor es solche Ausmaße annimmt, müssen wir die Unternehmungen von Norbert stoppen."

Lorena nickt eifrig, und die kleine Krone auf ihrem Kopf wippt auf und nieder. „Wieso macht man immer noch Tierversuche? Man hat doch längst erkannt, dass die medizinischen Versuche bei Tieren nicht relevant für den Menschen sind. Da gibt es Stoffe, die beim Tier ganz anders wirken als bei Menschen. Und es sind sogar schon Menschen gestorben, obwohl man Medikamente nach Tierversuchen als für den Menschen unbedenklich einstufte."

„Das ist leider eine traurige Realität, und ich denke, es setzen sich noch viel zu wenige Menschen dafür ein, dass Tierversuche immer weiter eingeschränkt werden sollen. Ich bin sicher, dass man sie auf ein Minimum reduzieren kann, obwohl ich hoffe, dass man eines Tages ganz davon absieht."

Lorena hat Tränen in den Augen. „Ich wünsche mir sehr, du könntest etwas in die Wege leiten, denn du bist ein Mensch, und die Menschen haben es in der Hand, etwas zu ändern."

„Zunächst einmal finde ich es auch ganz brutal, dass Menschen sich anmaßen, über Tiere verfügen zu können, Tiere, die den Menschen ausgeliefert sind."

Tilda, die Autorin tritt hinzu. „Ich habe gerade mit angehört, um was es hier geht, und ich kann euch da nur zustimmen. 95 Prozent der Tierversuche sind nicht human relevant, das bedeutet, dass es unnötig war, diese Tests an Tieren vorzunehmen, trotzdem halten Industrie und wissenschaftliche Forschungs-Einrichtungen an diesen Versuchen fest."

„Es ist nicht zu fassen", fährt Federica fort. „Tiere verdienen Mitgefühl und Respekt und haben ein Recht auf ein gutes Leben. Dafür sollten wir Menschen sorgen, denn wir haben die Verantwortung."

„Ich bin zwar kein Insekt", sagt die kleine Elfe, sondern ein kleines Zauberwesen mit Flügeln, aber ich treffe oft Libellen oder Schmetterlinge, und sie können mir viel erzählen, manchmal klagen sie mir auch ihr Leid, denn ihr Leben ist auch bedroht durch die Umweltverschmutzung und die Chemikalien, mit denen Menschen die Umwelt verseuchen. Wir kleinen Elfen lernen schon ganz früh, dass wir hier auf der Erde zu Besuch sind und man sich deswegen zu benehmen und Regeln einzuhalten hat."

„Tierversuche sind nicht nur moralisch niemals vertretbar, sondern auch sinnlos", überlegt die Prinzessin. „Es ist ganz wichtig, dass wir alle etwas dagegen tun, selbst wenn es sich herausstellt, dass Buhmann seine Kontakte nicht dazu nutzt, um sich dabei die Hände schmutzig zu machen."

„Aber wie wollen wir das anfangen?" fragt Lorena und wischt sich Tränen aus den Augenwinkeln."

„Jeder Mensch hat dazu die Möglichkeit", erinnerte sich Tilda. „Man kann überall Petitionen von vielen Tierschutz-Vereinigungen unterschreiben. Aber wir können auch selbst etwas initiieren. Ich werde gemeinsam mit meinen kleinen Schülern Texte für Plakate und Anzeigen kreieren, und wir können die Malerin Kunigunde dazu bringen, dass sie den Kids die Plakate farbig gestaltet."

„Das ist eine riesige Idee", findet die kleine Elfe und freut sich. „Es tröstet mich, wenn ich weiß, dass wir etwas tun können."

Auch Federica ist begeistert. „Und wenn du, Tilda schöne Texte schreibst, werde ich die Musik dazu erfinden, etwas komponieren. Dann können wir mit den Kindern Lieder singen, mit denen unsere Zuhörer auch zur Tierliebe geführt und zum Verständnis der untragbaren Situation erweckt werden. Wir können CDs mit diesen Songs herstellen und das erworbene Geld für den Tierschutz spenden."

„Noch eine gute Idee!" freut sich Lorena. „Ich glaube, jeder Mensch kann sich etwas ausdenken, obwohl mir gerade nicht einfällt, was unser französischer Parfümier und was der Koch Vito dazu beitragen können, aber ich denke, es fällt ihnen schon etwas ein."

„Und wem nichts einfällt, der kann Petitionen unterschreiben", stellt Tilda fest. „Auf jeden Fall müssen wir mit dem Thema an die Öffentlichkeit gehen."

„Auch für die Herstellung von Lebensmitteln wurden schon zahlreiche diverse Tierversuche unternommen", weiß Federica. „Doch mittlerweile gibt es schon viele große Firmen, die umdenken wollen. Auch da ist Aufklärung gut."

„Natürlich müssen wir uns vorher informieren", überlegt Lorena. „Mit unserem Halbwissen wird keiner etwas anfangen können. Es gibt sicherlich auch alternative

Methoden, bei denen man die Labor- und anderen Versuche tierfrei durchführen kann."

„Was gibt es denn da zum Beispiel", erkundigt sich Tilda.

„Es gibt die „In-Vitro-Methode"", weiß die Prinzessin.

„Und was ist das?" erkundigt sich die kleine Elfe.

„Hier arbeitet man mit Zellgewebe aus menschlichen Zellen, und zwar praktisch im Glas. Es war früher das Reagenzglas. Hier kann man „im Glas" direkt alle Wirkungen auf das menschliche Gewebe feststellen. Und dieses Zell-Gewebe lässt sich sogar züchten. Man braucht also keine Tiere dazu, und die Wirkung ist direkter und effektiv, weil es sich um menschliches Gewebe handelt."

„Das hört sich logisch an", findet Lorena. „Und was gibt es noch?"

„Es gibt auch Computermodelle, man nennt sie „in silico-Methode", sie wird mit lebensechten Simulationen und Simulatoren durchgeführt. Dabei kann man zum Beispiel auch das Sezieren erlernen, ohne den Körper eines Tieres oder Menschen zu benutzen. Computer können auch das Fortschreiten einer Krankheit errechnen und können sogar die Schädlichkeit eines Stoffes ausrechnen. Diese ganzen Computertest sind außerdem viel billiger", weiß die Prinzessin.

„Es gibt bestimmt auch freiwillige Probanden, die sich der Forschung zur Verfügung stellen", vermutet Tilda. „Auch dabei ist das Testergebnis viel exakter als bei Tierversuchen. Zuerst muss man natürlich mit menschlichem Gewebe anfangen, bevor man direkt an den Probanden, an lebenden Personen testet."

„Es gibt Organisationen, die Tier freie Tests fördern, und die kann man auch mit Petitionen oder passenden Aktionen und Aufklärungskampagnen sowie zusätzlich auch mit Geld unterstützen", weiß Federica.

„Es gibt also eine ganze Menge zu tun, wenn man es will", findet Lorena.

„Ja, und ich möchte auch gleich damit beginnen", überlegt die Prinzessin. „Sicher haben die Kinder auch ihre eigenen Ideen dazu. Ich habe nämlich festgestellt, dass diese kleinen Menschen oft viel offenere Ohren und Augen haben und meistens auch noch ein offeneres Herz. Sie sind nämlich in der Regel sehr sensibel, empathisch und voller Mitleid, also bereit, sich um diese Probleme zu kümmern."

Lorena freut sich. „Schön, dann fangen wir jetzt direkt einmal an, jeder an seinem Platz. Ihr sensibilisiert die Kinder, damit sie kreativ werden können, und ich werde mein Bestes geben, um noch mehr Informationen zu erhalten."

Eilig prüft sie noch einmal ihre Flügel und entschwindet durch das Fenster.

Kapitel 12

„Es ist schön, dass du mich wieder einmal besuchst", freut sich Donata, als das kleine Mädchen mit einem selbst gepflückten Blumenstrauß vor der Tür steht. „Komm nur herein, wenn du Zeit hast!"

Beata folgt der älteren Dame in die Küche. „Oh! Hier duftet es gut! Was bäckst du denn gerade?"

„Ich backe gerade Kuchen", verrät Donata. „Er ist für die Kinder, die demnächst in Federicas Internat ziehen und momentan noch im Schloss wohnen."

Das kleine Mädchen schnuppert. „Da werden sie sich aber freuen, süße Sachen essen die meisten Kinder gern. Und sogar mein

Murmeltier Laura nascht ab und zu."

„Kann ich gut verstehen. Und ich habe glücklicherweise viele Rezepte für einen leckeren Kuchen, der auch gesund ist, während die meisten Süßigkeiten weniger gesund sind. Das Gute an diesem Rezept meiner Großmutter ist, dass man es nicht herausschmeckt, dass die Backwaren aus gesunden Zutaten gemixt sind."

Beata nickt. „Dann hast du wirklich ein Zauberrezept, die meisten gesunden Sachen schmecken weniger gut, finde ich. Aber warum machst du das für die Kinder? Ich habe gehört, dass im Schloss ein neuer Koch in der Küche regiert. Hat er nicht selbst noch viel mehr und interessantere Rezepte?"

„In meinen Kuchen steckt sehr viel Kraft drin, das sind zum Beispiel einige Vitamine, die den Nerven guttun. Schließlich müssen die Kinder jetzt hart arbeiten."

Das kleine Mädchen staunt. „Hart arbeiten? Ich dachte, sie dürften sich im Schloss erst einmal erholen, bevor es dann bald in den Bauernhof geht, in dem sie dann da auch zur Schule müssen."

„Mit dem Bauernhof wird es erst einmal nichts", weiß Donata. „Da muss erst eine Abhilfe geschafft werden wegen der möglichen Überschwemmungen. Aber im Augenblick arbeiten die Kinder dort, um gegen Tierversuche zu protestieren."

„Warum denn? Wer hat denn das angeordnet?"

„Dazu haben die Kinder sich selbst entschlossen, nachdem sie von Federica, der guten Fee Lamina und der Autorin Tilda dazu angeregt wurden."

Beata sieht die ältere Dame bestürzt an. „Tierversuche? Gibt es denn hier so etwas?"

„Gott sei Dank bis jetzt hier noch nicht", weiß Donata. „Aber das bedeutet nicht, dass man nicht auch etwas dagegen unternehmen kann. Weltweit ist das leider immer noch ein sehr trauriges Thema, von dem man gar nicht genug sprechen kann. Und da sich hier gerade ein fremder Tierfutter-Fabrikant, ein unbekannter Herr

Norbert Buhmann, niedergelassen hat, wird das Thema „Mensch und Tier" ganz aktuell. Er sucht nämlich zwanzig Tiere mit ihren Haltern, die das Futter testen. Und dieses Projekt hat alle hellhörig gemacht."

Beata horcht auf. „Wie ist denn dieser Fabrikbesitzer? Ist er ein netter Mensch? Ist er gut zu den Tieren?"

„Darüber kann man noch nicht viel sagen. Wir müssen es abwarten, ihn erst einmal kennenlernen und schauen, welches Futter er den Tieren bietet."

Sie legt dem kleinen Mädchen ein Stück Kuchen auf den Teller. „Du darfst schon einmal probieren! Hier hast du ein Stück von einem

Kuchen, den ich heute Morgen gebacken habe. Er ist schon ausgekühlt, und das Aroma hat sich entfaltet."

Die Kleine probiert und verzieht das Gesicht zu einem Lächeln. „Wenn das ein gesunder Kuchen ist, dann möchte ich täglich nur noch gesund essen", scherzt sie. „Den hast du wirklich toll gebacken! Er schmeckt fantastisch. Da werden sich die Kinder freuen."

„Das sollen sie auch", findet Donata. „Wenn sie sich solche Mühe geben, um den Tieren zu helfen, dann möchte ich sie auch unterstützen."

„Weißt du denn auch etwas darüber?" möchte Beata wissen. „Hast du dich auch schon mal mit dem Thema näher beschäftigt?"

Die ältere Dame nickt. „Ja, ich kenne eine ältere Dame, das ist eine Freundin unserer Prinzessin Federica. Sie heißt Adelaide und wohnt in Sankt Augustine. Gerade jetzt ist sie in San Lorenzo angekommen, um ihre junge Freundin wieder einmal zu besuchen."

„Und was hat sie mit den Tierversuchen zu tun?"

„Ihr Mann, Moro, der hat Jahrzehnte seines Lebens gegen Verbrechen an Tieren gekämpft. Er hat Aufrufe und Kampagnen gestartet und zu Spenden angeregt. Er war mit ganzem Herzen dabei und man spürte, wie er mit den armen Tieren mitgelitten hat. Doch eines Tages, also schon älter war, ist er verstorben, und nun möchte

Adelaide einen Teil dieser Arbeit mittragen, und auch sein Andenken ehren."

Beata hört aufmerksam zu. „Und jetzt unternimmt sie etwas gegen die Tierversuche?"

„Sie hat noch einige andere Aufgaben, aber sie möchte auf jeden Fall, dass die Menschen wieder hellhörig werden und weiter daran arbeiten, fortsetzen, was Moro begonnen hat. Jetzt will Adelaide unserer Prinzessin und ihren Freunden auch bei der Verbreitung der Aufrufe helfen."

„Dann ist die Welt bestimmt sehr traurig, dass dieser Mann nicht mehr hier lebt, oder?"

Donata seufzt. „Adelaide sagte mir, dass es jetzt in der Welt etwas kälter geworden ist, denn Moro habe, wie eine leuchtende Sonne, viel Wärme verbreitet und alles erstrahlen lassen. Er muss sehr viel für Mensch und Tier getan haben."

„Schade, dass er jetzt nicht mehr da ist", findet das Mädchen. „Es gäbe noch so viel für ihn zu tun, gerade jetzt, wenn es wieder um Tiere geht."

Die ältere Dame nickt. „Oh ja! Vielleicht wüsste er jetzt einen Rat. Aber Adelaide gibt nicht auf. Sie behauptet, dass ihr Moro überall etwas Licht und Freude hinterlassen hat, so wie jemand, der goldene Spuren hinter sich herzieht."

„Dann will ich auch mithelfen", beschließt die Kleine. „Ich werde dir zuerst einmal helfen, die Kuchen zu den Kindern zu bringen. Und möglicherweise können die dort auch meine Hilfe gebrauchen. Meinst du, dass es gut ist? Im Augenblick ist nämlich mein Murmeltier in der Fabrik sehr beschäftigt, und jetzt, da ich das alles weiß, glaube ich, dass Laura auch gerade einen wichtigen Platz eingenommen hat."

Donata nickt. „Ja, das hast du richtig bemerkt. Adelaide hat mir erzählt, dass sich dein Murmeltier momentan alle Probanden anschaut, die sich zum Test angemeldet haben. Damit ist sie jetzt in die Schusslinie geraten."

Das kleine Mädchen reißt die Augen auf. „In die Schusslinie?

Meiner Laura wird doch wohl nichts passieren?!"

„Sie steht gewissermaßen zwischen zwei Stühlen. Auf der einen Seite wird sie genau darauf achten, dass den Tieren nichts Schlimmes geschieht, und auf der anderen Seite muss sie aufpassen, dass sie ihren Posten behält, damit sie Einfluss auf alles nehmen kann, wenn Gefahr droht. Sollte aber von Buhmann irgendetwas kommen, was auch nur ansatzweise schädlich für die Tiere sein kann, wird Laura sofort alle Freunde mobil machen, damit sie eingreifen können."

„Das finde ich aber schrecklich! Ich möchte natürlich nicht, dass es den Tieren von dem neuen Futter schlecht wird, aber ich möchte auch nicht, dass meiner Laura etwas passiert. Sie ist meine Freundin, und ich möchte sie behalten und auf keinen Fall verlieren. Ich habe schon eine meiner Omas verloren, und danach bin ich krank geworden. Wenn Laura etwas passiert, dann werde ich bestimmt noch viel kränker werden, denn durch sie bin ich wieder gesund geworden."

„Das ist jetzt nicht einfach für dich", räumt Donata ein. „Aber Laura hat diese Aufgabe freiwillig und ganz bewusst übernommen. Sie will den Tieren unbedingt helfen, sie will verhindern, dass etwas Schlimmes geschieht. Und wenn sie weiter die Tiere betreuen darf, wird sie als Erste merken, wenn etwas nicht stimmt, wenn etwas Unrechtes passiert. Es ist momentan die einzige Möglichkeit, bei einer schlimmen Wendung sofort eingreifen zu können."

Beata mault. „Es gibt so viele andere Menschen oder Tiere, die helfen können. Warum muss es unbedingt mein Kuscheltier Laura sein? Ich brauche es und kann nicht ohne das Murmeltier leben."

„Deine kleine Freundin muss sehr vorsichtig sein, aber sie wird es auch sein, denn sie weiß sicher, was auf dem Spiel steht."

„Du meinst also, ich kann mein Murmeltier nicht davon abhalten, etwas Gutes mit Risiko zu tun?"

„Deine kleine Freundin war sehr entschlossen, ich habe sie schon beobachtet, als sie sich draußen mit zwei Hunden befasste, die eben im Park spazieren gingen. Sie ist wirklich verantwortungsbewusst und tut alles, was sie kann, aber ich weiß, dass sie auch sehr klug ist, und deswegen wird sie vorsichtig sein."

„Und du meinst, ich werde sie nicht davon abhalten können?!"

„Ich denke, deine Freundin sollte das tun, was sie für richtig hält. Als Freund sollte man die Wünsche des anderen respektieren, und deswegen wäre es wohl besser, wenn du sie das tun lässt, was sie möchte."

Beata sieht die ältere Dame treuherzig an. „Und was kann ich jetzt tun? Ich kann nicht zaubern. Kann ich mir von dir wünschen, dass meinem Kuscheltier nichts passiert?"

„Das ist ein guter Wunsch", findet Donata. „Ich werde einmal schauen, ob ich dir helfen kann. Du kannst aber auch etwas tun."

Die Kleine sieht die ältere Dame erwartungsvoll an. „Was denn?"

„Du kannst das tun, was Adelaide immer tut, wenn nichts anderes hilft."

„Und was ist das?"

„Du kannst hoffen und glauben und beten."

Kapitel 13

Maria und Ermanno spazieren den Wiesenweg entlang und freuen sich über Lotta und Filippo, die munter vor ihnen herlaufen. Ringsumher blühen die Sommerblumen, farbenfrohe Schmetterlinge und andere Insekten schweben und tanzen darüber hinweg.

„Ist das nicht toll?!" freut sich die junge Frau und zeigt auf die Hunde. „Die beiden haben ja einen Riesenspaß!"

„Inzwischen haben sie sich aneinander gewöhnt, das ging schneller als ich gedacht habe", findet der junge Mann. „Jetzt können wir entspannt wie andere

Wanderer den Spaziergang genießen."

Maria seufzt leise. „Ich kann noch nicht so ganz entspannt sein, ich habe einfach ein schlechtes Gewissen, weil ich einen Vertrag unterschrieben, aber meinem Hund das Futter noch gar nicht verabreicht habe."

„Du musst dir keine Sorgen machen", versucht Ermanno die junge Frau zu beruhigen. „Wir haben das Recht, unsere Hunde zu schützen. Ich habe die Proben bereits in meinem Labor in die verschiedensten Teströhrchen gesteckt. Spätestens heute Abend werde ich die ersten Ergebnisse ablesen können. Bis dahin möchte ich meinen Hund lieber nicht mit dieser Pastete füttern. Und auch deine Lotta sollte lieber warten. Entspanne dich und genieße den Sonnenschein!"

„Inzwischen habe ich von Lamina gehört, dass die Schneekatze ebenfalls einige Untersuchungen in die Wege geleitet hat. Auch die Prinzessin ist voller Misstrauen und will Gewissheit haben und herausfinden, ob das Futter in Ordnung ist."

„Warum ist sie so misstrauisch bei Norbert Buhmann?" möchte Ermanno wissen. „Kennt sie ihn näher? Ist das vielleicht der Hexensohn Hieronymus in einer anderen Gestalt? Ich habe gehört, dass er ihr schon einmal sehr übel mitgespielt hat."

Sie sieht in skeptisch an. „Ich glaube nicht, dass dieser Geschäftsmann ein verkleideter Zauberer ist. Allerdings könnte ich mir schon vorstellen, dass die beiden zusammenarbeiten. Wenn es irgendwo um ein großes Geld geht, ist auch Hieronymus nicht weit."

„Im Dorf-Gasthaus munkelt man, dass sowohl die Hexe Nüssli als auch ihr Sohn sich momentan in San Lorenzo aufhalten. Vielleicht sind wir ihnen schon ein paar Mal begegnet, ohne es zu ahnen."

Sie seufzt. „Das ist kein schöner Gedanke. „Es könnte ja jeder sein. Kann man dann überhaupt noch jemandem trauen?!"

Er schmunzelt. „Vielleicht bin ich es ja auch, ein verkleideter Hieronymus. Aber vielleicht ist ja auch er gar nicht ständig böse. Steckt nicht in allen Menschen und Zauberwesen Gutes und Böses?"

Sie schüttelt energisch den Kopf. „Nein, die Feen und Elfen sind wie die Engel, reine und gute Wesen. Und bei Nüssli, da bin ich überzeugt, dass sie viel zu alt ist, um sich noch einmal ändern zu können. Sie hatte die größte Freude daran, als sie Federica das Leben schwer gemacht hat. Tatsächlich scheint es Wesen zu geben, die bei einer Schadenfreude am meisten Spaß haben."

„Dann kann sich ja die Hexe Nüssli momentan sehr freuen, weil San Lorenzo in heller Aufregung ist.

Das Internat für Kinder kann nicht benutzt werden, weil unbestimmte Überschwemmungen drohen, und den Tieren droht ein Desaster, das hier in dem kleinen friedlichen Land eine Neugeburt erlebt, weil möglicherweise von hier aus große Konzerne gesteuert werden, die viel Geld verdienen, während sie bewusst den Tieren schaden."

Maria stöhnt. „Genauso ist es, und da sagst du, ich soll mich entspannen! Ich wünschte, ich könnte etwas tun."

„Du tust alles, was du kannst", behauptet er. „Du hast dich für die Testreihe angemeldet und riskierst, mit Buhmann Ärger zu bekommen. Wenn er herausbekommt, dass du, dass wir ihm misstrauen, wird er bestimmt nicht freundlich zu uns sein."

„Ich wünschte, ich könnte mehr tun", bedauert sie. „Was meinst du, sollten wir einmal den Berg hinaufwandern und den Drachen Polka aufsuchen. Wir könnten ihn dann wegen dieser Überschwemmungen um Rat fragen."

Er verzieht das Gesicht. „Damit müssen wir noch etwas warten. Vielleicht können wir das auf die nächsten Tage verschieben. Ich kann mir zwar vorstellen, dass du ungeduldig bist und dir wünschst, dass alle Dinge wieder laufen. Aber wir müssen eins nach dem anderen erledigen. In zwei Stunden sollten wir wieder zurück sein, da muss ich mir die Testergebnisse anschauen und prüfen, ob erste Reaktionen zu erkennen sind."

Sie stöhnt leise. „Es fällt mir sehr schwer, aber dann muss ich mich wohl in Geduld fassen."

Er nimmt ihre Hand. „Wenn du dich an mir festhältst, wird es dir leichter fallen. Probier es einmal aus!"

Sie fühlt seine Hand, und ein warmer Schauer durchzuckt sie. Könnte er Hieronymus sein? Bei dem Gedanken fährt ein Schauer durch ihren Körper, der jedoch sofort wieder verschwindet.

Ich muss vorsichtig sein, nimmt sie sich vor. Ich darf mich nicht in ihn verlieben. Wenn es der Hexensohn ist, wird er mich nach kurzer Zeit schon genauso schlecht behandeln, wie er es seinerzeit mit Federica getan hat.

Sie lässt seine Hand dennoch in seiner und genießt das Gefühl der warmen Ströme, die sie durchfluten.

Ihr Herz beginnt zu klopfen, und ein kühler Wind erfrischt ihre glühenden Wangen.

Nein, ich darf mich jetzt nicht verlieben, sagt sie sich immer wieder, aber die Berührungen seiner Hand schenken ihr Lebenskraft und ein lange nicht mehr empfundenes Glücksgefühl.

Um sie herum duften die Wiesen nach Kräutern und sonnigem Gras, die beiden Hunde tollen vergnügt um sie herum.

Maria schließt kurz die Augen, am liebsten möchte sie jetzt alle Probleme, alle Sorgen fortschieben, die Zeit anhalten und Ermanno neben sich spüren. Warum konnte man diese wunderschönen kleinen Paradiese nicht in den Alltag hineinretten?! Warum erlaubte das Glück nur so wenige, selige Momente?

Ermanno scheint ihre Gedanken zu erraten, er bleibt plötzlich stehen und zieht sie sanft an sich. Die Welt versinkt in seinen Armen, und es gelingt ihr tatsächlich, für einen Augenblick, alles Bedrohliche zu vergessen.

In diesem Moment erscheint ein weißer Vogel, der sich auf einem Zaunpfahl niederlässt.

Maria erkennt die Schneeeule, die ihr schon einmal in den Bergen begegnet ist und grüßt den Vogel freundlich. „Wie schön, dich einmal wieder zu sehen. Ich erinnere mich, dass du schon einmal sehr hilfreich warst, als du gegen die Umweltverschmutzung gekämpft hast. Hast du vielleicht auch jetzt einen guten Tipp für uns?"

„Leider habe ich noch keine gute Nachricht für euch, bedauert das Tier. Ich habe zwar dem Drachen Polka einen Besuch abgestattet und mir die Gletscher dieser Gegend angeschaut, aber da die Klimaerwärmung noch nicht zum Stoppen gebracht wurde, sehe ich noch keine Veranlassung, wegen der Überflutungen eine Entwarnung zu geben."

„Aber irgendetwas muss man doch tun können", findet Ermanno. „Der Drache Polka ist sehr mächtig. Er rumort in den Höhlen der Berge, und er könnte schon etwas für uns tun."

„Er sagte mir, es blieben euch da nur zwei Möglichkeiten. Entweder richtet ihr den Bauernhof so ein, dass ihm kleinere Überflutungen nichts ausmachen, dann könnt ihr ein paar Dränagen legen und einen künstlichen See bauen, so wie er bereits im Mühlwalder Tal angelegt wurde. Ihr kennt ihn doch sicher auch, den Meggima-See?"

Maria horcht auf. „Oh ja, den kenne ich. Er ist wunderschön, und sieht aus, als hätte ihn die Natur selbst erschaffen. Die Urlauber und die Einheimischen lieben ihn, denn er ist voller Romantik und hat eine idyllische Lage. Das könnte man tun, es würde allerdings sehr lange dauern. Sagtest du nicht etwas von einer zweiten Möglichkeit."

Die Eule klappt die Augen auf und zu. „Das waren bereits beide Möglichkeiten. Dränagen um den Bauernhof herum, vielleicht kleine Kanäle sogar ...?"

Ermanno lacht. „Ein Klein- Venedig in den Bergen?!"

„Sie müssen ja nicht schiffbar sein", antwortete die Eule ernst. „Ich mache keine Witze, und der Drache Polka schon gar nicht, zumal er gerade wegen der dauernden Feuchtigkeit ein Reißen in den Gliedern verspürt."

„Ich bitte um Entschuldigung!" sagt Ermanno schnell. „Ein paar kleine Kanäle und Dränagen sind wahrscheinlich auch schneller herzurichten als ein künstlicher See. Aber ich habe das Gefühl, als gäbe es noch mehr Lösungen."

Die Eule sieht ihn strafend an. „Polka hat sehr viel zu tun in den Alpen, und daran seid ihr Menschen schuld. Es ist für die Natur nicht gut, wie ihr sie behandelt, und der Tourismus hier in den Alpen schadet dem Gebirge täglich."

„Das tut uns wirklich leid", beteuert Maria. „Ja, ich weiß, die vielen Skifahrer, die Touristen mit ihren Schneemobilen und im Sommer die ganzen Menschen, die die Gipfel in Scharen umkreisen, das ist schon sehr schlimm! Aber es ist natürlich auch zu verstehen, dass viele Leute hierherkommen, um die gigantischen Berge zu betrachten, um die Natur einzuatmen. Diese Menschen lieben das Gebirge, aber es sind einfach zu viele, die sich hier in der Saison einfinden. Das ist beinahe so wie in Venedig, dem Ort, von dem wir auch gerade kurz sprachen. Es ist eine so wundervolle Stadt mit fantastischen Gebäuden und romantischen Kanälen. Aber leider ist die gute Serenissima auch überlaufen und leidet unter den Touristen, die ein Stück Goldstaub von ihr mitnehmen möchten. Was soll man da tun?"

„Polka hat schon einmal überlegt, ob einer seiner Zwerge einen neuen Detektor anfertigt. Dann müssten die Touristen, die in die Berge wollen an diesen Sensoren vorbei, und nicht jeder dürfte die Grenze passieren."

Ermanno sieht die Schneeeule erstaunt an. „Was ist das denn für ein Detektor. Und nach welchen Kriterien will Polka denn entscheiden, wer die Grenze passieren darf und wer nicht."

Die Schneeeule wippt mit den Flügeln. „Das ist doch ganz klar, ich sehe das sogar jetzt am Tag mit meinen Eulenaugen. Nachts bin ich allerdings noch etwas aktiver. Wusstet ihr eigentlich, dass Schneeeulen tags und nachts jagen können?"

„Nein, das wusste ich nicht", sagt Maria schnell. „Das finde ich sehr gut für dich. Aber du sprachst von einem Detektor. Also, was werden die Sensoren erkennen oder fühlen?"

„Polka hat da schon etwas in Auftrag gegeben", verrät die Eule. „Da werden die Sensoren erkennen können, welcher Tourist mit echtem Interesse die Einsamkeit genießen will oder wer nur einmal hier gewesen sein muss, um zu sagen, dort bin ich auch schon einmal gewesen. Die Menschen, die die Natur wirklich lieben und sie ehren, behutsam mit ihr vorgehen und sie schützen wollen, die dürfen einmal ganz leise in die Bergwelt hineingehen und die Luft schnuppern und über die

Erhabenheit staunen. Aber die anderen, die lärmend hindurchgehen und nur die Pässe abklappern, um hinterher sagen zu können, ich habe die Alpen durchwandert oder bin mit den Skiern die steilsten Abfahrten hinuntergefahren, diese Touristen werden abgewiesen, und werden in Gebiete geschickt, in denen man das ganze Jahr auf Kunstschnee üben kann, denn der ist gerade gut genug für sie."

Ermanno sieht die Eule mit großen Augen an. „Du bist sehr streng mit uns, und Polka scheint auch sehr streng mit uns zu sein", stellt er fest.

„Mit Recht. Nicht wir Tiere haben die Natur hier so verunstaltet. Ihr seid es, die Menschen, die ihr von

Achtsamkeit redet, aber dabei gar nicht die Natur meint, sondern nur euer bequemes Leben. Und unser Alpendrache Polka empfängt Menschen nur in Ausnahmefällen, da könnt ihr euch den Weg zu ihm sparen."

Maria atmet tief. „Aber unser Anliegen ist sehr wichtig, es geht um eine ganze Reihe von Kindern, die sich entfalten können, wenn sie in dem Bauernhof wohnen dürfen. Man hat das Gebäude so kindgerecht hergerichtet, und der Hof liegt in der schönen frischen Bergluft, die so gesund ist für die Kleinen. Da könnte Polka ein gutes Werk tun, wenn er uns hilft."

Die Schneeeule schließt die Augen. „Ihr habt Luxusprobleme! An anderen Orten dieser Erde hungern die Kinder, haben schlimme Krankheiten oder werden misshandelt. Das sind echte Probleme, darum muss man sich zuerst kümmern."

Die junge Frau seufzt. „Jeder sollte dort kämpfen, wo er kann, und wo er die Möglichkeit hat, etwas tun zu können. Natürlich haben wir es hier gut, alle Leute in San Lorenzo können sich satt essen und haben oft die Möglichkeit, gesund zu bleiben. Aber es ist wichtig, Kinder zu fördern, damit aus ihnen gesunde, gute und normale Erwachsene werden. Auch damit kann man die Welt etwas verbessern."

Der Vogel öffnet die Augen zu einem schmalen Schlitz. „Dann solltet ihr vielleicht lieber ein Kind zu Polka schicken, möglicherweise lässt er sich von einem kleinen Menschen mehr bewegen, er hat ja sonst auch nur Zwerge um sich, weil sie als kleine Wesen viel mehr Verständnis haben. Doch jetzt muss ich mich von euch verabschieden, ich habe noch viel zu tun. In der gefährdeten Gletscherregion ist jedes wachsame Auge wichtig."

Damit erhebt sich der weiße Vogel in die Lüfte und fliegt mit einem starken Flügelschlag zu den Gipfeln.

Maria seufzt. „Ich wünschte, mir fiele da etwas Gutes ein. Aber vielleicht findet sich ein Kind, das den Mut hat, den großen Drachen Polka in seiner Höhle aufzusuchen."

„Zuerst müssen wir jetzt den Rückweg ins Tal antreten, denn die Laborergebnisse sind aktuell das Wichtigste. Aber wenn die Sache mit dem Tierfutter geklärt ist, werde ich dir gern helfen. Wenn du bis dahin ein Kind gefunden hast, dass sich nicht vor Polka fürchtet, bin ich bereit, euch beide zur Höhle zu begleiten."

Maria freut sich. „Ich danke dir! Und weil dir mein Hund vertraut, will ich dir auch vertrauen."

Gemeinsam mit Ermanno macht sie sich voller Zuversicht auf den Heimweg.

Kapitel 14

Nüssli und Hieronymus sitzen auf der Gartenterrasse des Cafés „Monte Cristallo" in San Lorenzo und genießen das Sommerwetter. Die Hexe nimmt ihre Sonnenbrille ab. „Mit meiner Verkleidung und in diesem Outfit erkennt mich hier garantiert keiner", behauptet sie lachend. „Was meinst du dazu?"

Er grinst. „Du siehst aus wie eine superelegante, enorm zickige

Sekretärin. Und ich bin ganz sicher, dass einige männliche Gäste hier einmal feststellen möchten, ob du eine Hexe bist. Wie schaffst du es nur, immer so sexy auszusehen?"

„Ich habe das richtige Händchen für die entsprechende Kleidung, ich weiß, was Männer mögen, und ich muss mich nicht einmal dafür operieren lassen, denn mit ein bisschen Zauberei lasse ich jede Illusion Wirklichkeit werden. Aus der Fantasie der Männer-Hirne entnehme ich die sehnsuchtsvollen Bilder ihrer Wünsche und Träume und gestalte danach mein Aussehen. Mehr ist das nicht."

„Auf jeden Fall errät keiner, wer du wirklich bist. Und was hältst du von mir? Bin ich nicht ein attraktiver junger Mann, der die

Aufmerksamkeit der Frauen von San Lorenzo erregen kann?!"

„Du hast dich ganz nett herausgeputzt", gibt sie zu. „Den Sohn einer Hexe würde man in dieser angenehmen Gestalt niemals vermuten. Wie kommst du voran? Was hast du über das Futter herausgefunden?"

„Zuerst musste ich feststellen, dass mein kleines, auf die Schnelle eingerichtetes Labor hier nicht optimal ist. Wie toll war es doch, in San Remo, im Labor des guten alten Alfred Nobel zu forschen und zu experimentieren. Aber leider haben sie in diesem Museum inzwischen noch mehr dumme Sicherheits-Vorkehrungen getroffen, sodass selbst ich momentan Schwierigkeiten habe, dort nachts Einlass zu finden. So muss ich mir hier also mit ein paar alten minderwertigen Gerätschaften helfen. Trotzdem kann ich erste Ergebnisse aufweisen."

Die Hexe staunt. „Du bist gut, mein Sohn. Nur wenn wir den alten Buhmann völlig durchschaut haben, können wir ihn in die Hand bekommen und möglicherweise alles in unsere Hände bringen und in die von uns gewollten Richtungen lenken."

„Bis jetzt ist alles noch ziemlich legal", weiß Hieronymus. „Das Futter ist zwar qualitativ minderwertig und seinen zukünftigen Verkaufs-Preis nicht wert, aber die Zusatzstoffe sind noch im normalen Bereich.

Vermutlich will Norbert die Menschen und die Tiere erst einmal an das Futter gewöhnen. Ein leichtes, erlaubtes Suchtmittel befindet sich unter den Ingredienzen, damit das Tier lernt, dieses Futter zu bevorzugen."

Die freundliche Bedienung bringt zwei Tassen mit dampfendem, schwarzem Kaffee und stellt sie auf den Tisch. „Wünschen Sie auch ein Stück Marmorkuchen?" fragt sie höflich. „Den gibt es heute gratis. Die Kinder im Schloss haben ihn gebacken."

Nüssli lehnt ab. „Mit Marmor habe ich nichts am Hut, danke! Meine strahlend schönen Zähne sollen geschont werden."

Die Servicekraft lächelt. „Sie haben einen erfrischenden Humor. Sind Sie nicht die Sekretärin des Norbert Buhmann? Ich habe ein Bild von Ihnen in der Zeitung gesehen."

Nüssli lächelt zuckersüß. „Reizend, dass sie mich erkannt haben! Das muss ein gutes Bild gewesen sein. Sie sind eine sehr aufmerksame Bedienung."

„Oh, das mach ich doch gern. Und ich wohne hier auch in San Lorenzo, da kennt sich jeder. Deswegen sind Sie mir auch direkt aufgefallen. Sie haben einen ausgezeichneten Geschmack, und das Kleid, das Sie tragen, ist bestimmt aus Paris."

„Aus Rom", entgegnet die Hexe sanft. „Und statt des Kuchens bringen Sie mir vielleicht eine Eis-Spezialität! Ich brauche weiter einen kühlen Kopf."

„Gern", säuselt die junge Frau. „Wie wäre es mit einem Gletscher-Eis? Eine sehr kalte Eiskreation."

„Das ist jetzt genau das Richtige", freut sich die Hexe. „Das können Sie mir bringen."

„Ich werde es sofort veranlassen", antwortet die Servicekraft und eilt davon.

Hieronymus grinst, „Du benimmst dich wie eine Diva. Wofür brauchst du einen kühlen Kopf?"

„Um weiter unsere Pläne zu verfolgen. Ich habe bis jetzt

nämlich schon sehr viel in meinem Büro herausbekommen. Ich weiß, was dieser Buhmann alles vorhat."

Ihr Sohn staunt. „Du weißt alles? In dieser kurzen Zeit bist du ihm auf die Schliche gekommen? Du kennst tatsächlich alle seine Pläne?"

„Dazu brauchte ich nicht einmal den Computer zur hacken. Buhmann geht sehr systematisch und sehr gründlich vor."

„Nun erzähl schon, und mach es nicht so spannend!" fordert er sie auf und sieht sie ungeduldig an.

„Buhmann wird sehr kategorisch vorgehen. Zuerst gewinnt er Kunden mit einem preiswerten Tierfutter, das den Tieren schmeckt und sie mehr und mehr süchtig macht. Dann, nach der ersten Kontrolle, will er die Ingredienzen etwas verändern, und es wird stärker süchtig machen."

„Das ist doch noch nichts Besonderes", findet er.

„Das ist doch erst der Anfang", weiß seine Mutter. „Er will dann an den geeigneten, versteckten Orten Tierfarmen eröffnen, auf denen Tiere gezüchtet werden, die für Tierversuche verwendet werden sollen. Er hat in seinen Unterlagen schon einige ganz große Kontaktadressen-Listen angelegt, die sowohl unzählige Forschungsunternehmen als auch Labore jeglicher Art aufweisen. Ferner wird er Tiere, die nicht aus seiner Zucht stammen, ebenfalls vermitteln, darunter sind herrenlose Tiere, und sogar welche, die unerlaubterweise entwendet werden sollen. Kurzum, er wird die bekanntesten Labore der Erde beliefern, und zwar aus allen möglichen Quellen."

Der Hexensohn verzieht das Gesicht. „Ich verstehe nicht, wieso das heute in der modernen Zeit überhaupt noch Zukunft haben kann? Inzwischen kann man die Versuche alle auch Tier frei entwickeln. Man könnte meinen, dass die Menschen, die so etwas tun, Sadisten sind."

„Es gibt tatsächlich schon andere Versuchsmöglichkeiten, mein lieber Junge", stimmt ihm Nüssli zu. „Aber vielen Menschen ist das egal, wenn es ihnen nur selbst gut geht. Und einige Menschen haben kein

Herz, dort wo es sein müsste. Sie stellen sich gar nicht erst vor, wie die Tiere leiden müssen und meist auch sterben."

Er sieht sie ungläubig an. „Und in dieses schmutzige Geschäft willst du mit einsteigen? Geht das nicht gegen deine Hexenehre?"

„Ich werde mit Sicherheit nicht in dieses Geschäft einsteigen", teilt ihm die Mutter mit. „Zu so etwas sind tatsächlich nur Menschen fähig. Ich werde also weder dieses Futter erwerben noch verkaufen, noch werde ich ihm dabei helfen, Tiere an Labore zu vermitteln. Auch bei der Tierzucht für die Wissenschaft werde ich keinen Finger für ihn krümmen."

„Aber was willst du dann überhaupt bei ihm? Warum willst du ihn beobachten, und warum willst du seine Sekretärin sein?"

Die Bedienung bringt das Eis und sieht Nüssli freundlich an. „Ich hoffe, es ist kühl genug. Guten Appetit!"

„Das hoffe ich auch", antwortet Nüssli. „Denn die nächste Zeit kann es sehr heiß werden."

„Ich habe noch gar nichts aus dem Wetterbericht für die nächsten Tage erfahren", antwortete die Servicekraft. „Für meinen Kräutergarten kann ich noch ein bisschen Sonne gebrauchen."

„Dann viel Glück!" antwortet die Hexe spöttisch und legt einen großen Geldschein auf den Tisch. „Der Rest ist für Sie!"

Die junge Frau ergreift den Geldschein, steckt ihn ein und bedankt sich. „Sie sind ein Engel!"

Hieronymus grinst. „Nun ja, so würde ich es nicht gerade nennen, aber diese Dame hat manchmal sehr gute Ideen, die schon dem einen oder anderen Flügel verliehen haben."

Das Gesicht der Bedienung drückt Unverständnis aus. Aber bevor sie noch etwas fragen kann, wird sie bereits von anderen Gästen gerufen.

Der Hexensohn lacht laut. „Meine Mutter, ein Engel! Das ist ein guter Witz. So weit wirst du es nie bringen."

„Nein, das möchte ich auch nicht. Aber ich bin dir noch eine Antwort schuldig. Du möchtest wissen, was ich mit Norbert Buhmann vorhabe?"

Er nickt. „Ja, das möchte ich schon gern wissen. Und was auch immer du tun willst, ich werde mich bei dieser Schweinerei nicht beteiligen. Die Tiere haben mir nichts getan, und ich werde ihnen auch nichts tun."

Nüssli grinst. „Da bin ich mir noch nicht so sicher. Norbert sucht nämlich einen neuen Produktleiter. Der jetzige ist wohl zu zimperlich und beharrt auf sauberen Ingredienzien. Mich hat Buhmann bereits akzeptiert, ich könnte dafür sorgen, dass du eingestellt wirst.

Dann könntest du ein wenig mitmischen."

„Im Moment habe ich einen guten Job, der mir Spaß macht", erklärt Hieronymus. „Den möchte ich auch weitermachen."

„Ich werde dich zu nichts zwingen", antwortet sie lauernd. „Aber als Produktleiter sitzt du an der Stelle, von dort aus wird die Qualität des Futters bestimmt. Überlege dir einmal, welche Macht du dort hast. Du könntest das Futter ganz bewusst und vollkommen auf deine Art und Weise mixen. Buhmann hat nämlich davon keine Ahnung und muss auf seine Angestellten vertrauen."

„Natürlich, das könnte ich, aber Buhmann wird merken, wenn ich die Mixtur verändere."

„Bisher hat noch kein einziger Hund von dem Futter gefressen", weiß Nüssli. „Alle Bewohner von San Lorenzo sind sehr skeptisch. Sie prüfen erst die verschiedenen Laborergebnisse, die hier fast jeder veranlasst hat. Du könntest einen rettenden Engel spielen."

Er sieht sie ungläubig an. „Du willst gegen diesen Norbert arbeiten?! Ich verstehe dich nicht. Willst du dich auf die Seite der Tierversuchs-Gegner schlagen?!"

„Das habe ich nicht behauptet. Aber ich habe auch nicht gesagt, dass ich alles mitmache, was man vorhat. Ich möchte, dass wir beide, du und ich in der Firma an die Posten gekommen, die uns die Möglichkeit geben, die Entscheidung für das Gute oder das Böse zu treffen. Verstehst du das?"

Er seufzt und sieht sie betrübt an. „Dir geht es also wieder einmal nur um die Macht. Und ich dachte schon, du hättest dein Herz für die Tiere entdeckt. Mit deiner Kraft und allen Helfern aus San Lorenzo hätten wir die Möglichkeit, diesem Buhmann eins auszuwischen und seinen Plänen einen Strich durch die Rechnung zu machen. Ich finde seine Machenschaften nicht gut, ich werde da nicht mitmachen, das sage ich dir jetzt schon."

„Du bist ein Idiot", sagt sie. „Begreifst du denn nicht, dass du nur ein kleines Würstchen bist, das nichts ausrichten kann?! Es gibt nur die eine Möglichkeit, um eventuell eingreifen zu können, und das ist, wenn du dich in Buhmanns Firma einschleichst und einnistest. Ich habe mir meinen festen Platz schon ergattert und gedenke, ihn weiter auszubauen."

Er sieht sie interessiert an. „Wie hast du dich denn bei Norbert eingeschlichen? Bist du seine Sekretärin für alle Fälle?"

Sie sieht ihn spöttisch an. „So etwas habe ich nicht nötig. Ich habe herausgefunden, welches Parfüm seine Mutter früher benutzt hat und damit schmiere ich mich täglich ein. Seitdem ist er lammfromm und tut alles, was ich will."

„Das sind ja schöne Aussichten", findet er. „Dann weiter viel Erfolg!"

Das Eis ist inzwischen geschmolzen und Nüssli steht auf, ohne es noch einmal anzusehen. „Überleg nicht zu lange mein Sohn! Im Moment sitze ich noch am langen Hebel."

Kapitel 15

Adelaide führt das kleine Mädchen durch den Rosengarten. „Ich finde es ganz fantastisch von dir, dass du deine kleine Freundin Laura so lange entbehren willst."

Beata lächelt. „Ich vermisse mein Kuscheltier sehr, aber ich weiß, dass es heute alle Probanden, alle Hunde und Herrchen besucht und ihnen erzählt hat, was in dem Hundefutter drin ist, nun können sie selbst entscheiden, ob sie das Zeug fressen wollen oder nicht. Dabei hat mein Murmeltier nicht vergessen, alle vor einer zwar geringen, aber versteckten Suchtgefahr zu warnen."

„Laura arbeitet sehr gewissenhaft", findet die ältere Dame. „Sie will auch die Tiere weiter betreuen, ihre Gesundheitsdaten messen und kontrollieren, ob ihnen das Futter bekommt. Damit hat sie ein sehr verantwortungsvolles Amt übernommen."

Beata nickt. „Sie hat in den letzten Nächten einen medizinischen Fernkurs besucht, damit hat sie sich ein paar wichtige Kenntnisse angeeignet."

„Du kannst sehr stolz auf dich und dein Kuscheltier sein", findet Adelaide. „Und ich bin dir sehr dankbar, dass du hier ins Schloss gekommen bist, um den Kindern zu helfen."

Das kleine Mädchen seufzt. „Es ist wirklich ganz schlimm, was ich über die Tiere gehört habe, und ich hoffe, dass Federica und alle ihre Helfer diesen schrecklichen Geschehnissen ein Ende bereiten können. Ich möchte nicht, dass meine Freunde, die Tiere, sterben. Laura ist mein Kuscheltier, und wenn ich mir vorstelle, dass sie in ein Versuchslabor käme, dann wäre ich so traurig, dass ich sicher krank würde. Und ich würde bestimmt so krank, dass ich auch sterben könnte. Ist dein Moro auch deshalb gestorben, weil er so viel mit den Tieren gelitten hat?"

„Er hat sein ganzes Leben lang darunter gelitten, dass man Tiere so quält. Und er hat auch sein ganzes Leben lang auf irgendeine Weise dagegen gekämpft. Natürlich hat ihn das sehr traurig gemacht, und wenn man lange traurig ist, wenn die Seele krank ist, kann sich das auch im Bereich der körperlichen Gesundheit widerspiegeln. Aber Gott sei Dank hat ihm der liebe Gott einige Jahre geschenkt, die er leben durfte. Moro hatte immer ein großes und ein weites Herz, das für viele gute Aktionen gebrannt hat. Dieses Herz hat immer heftig geschlagen und ab und zu hat es ihm Probleme bereitet. Als er dann ein älterer Mann war, hat sein Körper nicht mehr all seine Dienste getan, und im Alter von zweiundachtzig Jahren ist er dann verstorben. Aber ich bin ganz sicher, dass er uns jetzt noch bei unseren Aktionen helfen kann, weil es ihm immer ein großes Anliegen gewesen ist, Tieren zu helfen."

„Dann kann er uns also jetzt auch helfen?" fragt die Kleine verwundert.

„Ja, da bin ich ganz sicher. Ich denke fast immer an ihn und spüre dann auch, dass er ganz nahe bei mir ist."

Beata hebt die Augenbrauen. „Aber ich habe ihn nicht gekannt. Kann ich ihn denn auch fragen? Kann ich ihn bitten, dass er den Tieren hilft, damit dieser böse Fabrikant sich nicht an Tierversuchen beteiligt, damit er sich darauf beschränkt, gutes Tierfutter herzustellen?"

„Ja, das kannst du natürlich tun. Und ich bin sicher, dass Moro dir zuhört. Aber ich weiß, wie du besser mit ihm sprechen kannst. In der Nacht gibt es einen wunderschönen Sternenhimmel, und in den nächsten Tagen wird er sogar sehr klar sein, da kannst du viele Sterne beobachten."

„Ist Moro etwa ein Stern dort oben am Himmel?" fragt Beata ungläubig.

Adelaide schüttelte den Kopf. „Nein, er muss nicht als fester Stern am Himmel stehen. Seine Seele wird frei, und er darf sich dort aufhalten, wo er will. Aber du kannst oben bei einem besonderen Stern den Kontakt mit ihm aufnehmen. Das haben wir so vereinbart, Moro und ich."

„Was habt ihr vereinbart?" will die Kleine wissen.

„Im Sternbild des Löwen gibt es eine besonders große Sonne, sie ist zweieinhalbmal so groß wie unsere und leuchtet zwölfmal so hell wie unsere Sonne hier, die zu unserer Erde gehört. Sie heißt Beta Leonis und hat eine große Strahlkraft. Diesen Stern kannst du in der Nacht am Himmel sehen, und zwar im Sternbild des Löwen, im Frühling am südlichen Nachthimmel."

„Und diesen Stern kann ich mit bloßem Auge sehen? Oder brauche ich dafür ein Teleskop?"

„Du kannst ihn mit bloßem Auge sehen, du musst ihn nur lange genug anschauen, dann wird er größer und größer und zwinkert dir zu. Wir können einmal in der Nacht hinausgehen, und ich zeige dir diesen besonderen Stern, der sechsunddreißig Lichtjahre von unserer Erde entfernt ist."

Beata staunt. „Oh, Lichtjahre! Das muss sehr weit sein! Wie viel ist ein Lichtjahr?"

„Ein Lichtjahr, das ist die Zahl an Kilometern, die das Licht in einem Jahr zurücklegt, und das Licht fliegt in einem Jahr etwa neuneinhalb Billionen Kilometer, die genaue Zahl liegt etwas darunter."

Das kleine Mädchen reißt die Augen auf. „Neuneinhalb Billionen Kilometer? Das kann ich mir gar nicht vorstellen. Eine Billion das ist schon eine Zahl, die ich mir nicht vorstellen kann."

Adelaide lächelt und ihre Augen leuchten. „Eine Billion ist das millionenfache von einer Million, auch das ist eine für mich unvorstellbare Zahl. Aber diesen hellen Stern, diese Sonne Beta Leonis kannst du trotzdem am Nachthimmel entdecken und beobachten, wie sie dich angestrahlt."

Das kleine Mädchen sieht die ältere Dame aufmerksam an. „Dann hast du wohl deinen Moro sehr liebgehabt, oder?"

Adelaide nickt. „Oh ja, und das ist auch heute noch genauso wie es früher immer war. Er war für mich wie dieser Stern, und ist es noch. Er scheint für mich zwölfmal so hell wie unsere Sonne und wärmt mein Herz zwölfmal so viel wie unsere Sonne. Er ist meine Sonne, und ich wünsche dir auch, dass du in deinem Leben solche Menschen findest, die dir dieses Glück bescheren."

„Dann wird er uns bestimmt helfen, wenn wir ihn darum bitten", glaubt Beata. „Ich werde mit meiner Mutter reden und sie fragen, ob ich in einer der nächsten Nächte mit dir den Himmel beobachten darf. Ist das für dich so in Ordnung?"

Die ältere Dame lächelt. „Oh ja, das können wir gern machen, und ich bin ganz sicher, dass er uns hilft." Sie zeigt auf die Rosen, die in allen Farben blühen und duften. „Das waren seine Lieblingsblumen, und Moro war der erste, der mir rote Rosen schenkte, aber das war es nicht, was ihn so bedeutsam für mich machte, sondern seine

Menschlichkeit und seine Herzlichkeit. Jetzt komm, meine Kleine! Jetzt werde ich mit dir ins Schloss gehen, denn dort wartet Federica schon auf dich. Sie hofft, dass du Lust hast, in ihrem Kinderchor mitzusingen, denn beim Singen wird das Herz weit und die Freude kann einziehen."

„Kann ich damit auch Menschen eine Freude machen?"

„Wenn Federicas Kinderchor singt, haben sehr viele Menschen auch große Freude daran. Und dieses Mal geht es ja auch noch um eine besondere Sache: Wir hoffen auf Spenden für unsere Aktion gegen die Tierversuche. Da macht es nicht nur den Sängern und den Zuhörern, sondern letztendlich auch noch den Tieren eine Freude."

„Dann will ich es auch einmal versuchen", entscheidet sich Beata. „Denn jetzt bin ich wieder gesund."

Adelaide lächelt. „Ja, darüber bin ich auch sehr froh. Donata hat mir erzählt, dass du krank geworden bist, als deine Oma starb. Sie hat mir auch erzählt, dass dir dein Kuscheltier, die kleine Laura geholfen hat, wieder gesund zu werden. Du hast dich nicht gut gefühlt und auch viele Ängste gehabt, ja, das kann ich auch verstehen. Wenn man jemanden verliert, bleibt eine leere Stelle zurück. Sie fühlt sich manchmal an wie ein tiefes Loch, in dem man versinken kann. Aber dich hat Lauras Liebe wieder dort herausgeholt und deswegen hast du jetzt auch Vertrauen gefunden und weißt, dass das kleine Murmeltier immer wieder zu dir zurückkommen will."

„So hat es mir mein neuer Papa, der Gärtner Theo, auch erklärt", freut sich Kleine. „Und jetzt wollen wir dafür sorgen, dass sich die Tiere auch bald freuen können."

Kapitel 16

Die kleine Beata spaziert munter plappernd neben Maria den steilen Berg hinauf. „Wir haben heute extra tolles Wetter", findet sie. „Aber ich finde es wahnsinnig schade, dass dein Freund Ermanno nicht mitkommen kann. Er ist nämlich auch riesig nett, und ich mag seinen Hund, den Filippo wirklich sehr. Labradore sind überhaupt sehr kinderlieb, und Ermannos Hund ist fast so süß wie Laura, mein Kuscheltier."

„Das glaube ich dir gern", antwortet die junge Frau und pustet ein wenig. „Der Weg ist schon ziemlich steil. Federica hat mir eine Karte mitgegeben, auf der sie unsere Route eingezeichnet hat, denn sie war schon einmal hier oben und hat einige Höhlen von Polka besichtigt. Der Drache selbst lässt sich nicht sehen, weißt du auch warum?"

„Ja, meine Oma hat es mir früher einmal erzählt. Dieser Drache sieht anders aus als die anderen, überhaupt nicht gefährlich, und er hat nicht einmal Zacken auf seinem Rücken, deswegen schämt er sich ein bisschen und versteckt sich. Er soll auch ganz friedlich sein, nur manchmal ein bisschen poltern, wenn er sich über die Menschen ärgert, und dann hüpft er im Berg herum, und alle seine Freunde sagen, dass er Polka tanzt. Ob wir ihn wohl einmal sehen dürfen?"

Maria atmet tief. „Ich glaube nicht. Manche guten Feen und Zauberwesen dürfen ihn besuchen, aber bei Menschen ist er sehr vorsichtig. Sie müssen ihn früher schon viel zu oft geärgert haben. Auch heute ärgert er sich noch oft, wenn er sieht, wie sie mit der Natur umgehen. Leider haben die Menschen noch keine grundlegenden Lösungen für diese Probleme gefunden, da wird sich Polka wohl noch eine Weile ärgern müssen."

„Laura hat mir gesagt, dass man nicht immer nur das Schlechte sehen darf. Sie sagte mir, es gibt auch immer etwas, worüber man sich freuen kann. Das müsste ich diesem Polka unbedingt einmal sagen."

„Mach dir nicht zu viel Hoffnungen, dass wir ihn zu Gesicht bekommen! Es ist schon mancher hier den Berg hinaufgewandert und hat ihn an seiner Höhle gerufen. Aber Polka befindet sich meist tief im Inneren der Berge."

Beata kneift die Augen zusammen. „Ich muss ihn aber unbedingt sprechen, denn das, was ich ihm zu sagen habe, ist sehr wichtig."

„Meist muss man am Tor mit den Zwergen reden, und die reden dann wiederum mit Polka und richten ihm aus, was man ihm sagen möchte."

„Das reicht mir aber nicht", mault die Kleine. „Wenn man etwas Wichtiges zu sagen hat, muss man schon mit dieser Person selbst sprechen."

„Ich hoffe, du kannst einen Zwerg dazu überreden, dass er uns hereinlässt. Vielleicht überlegst du dir schon einmal ein paar wichtige Sätze. Es dauert nicht mehr so lange bis wir den Höhleneingang erreicht haben. Dann kommt es darauf an, welchen Eindruck du auf den Höhlenposten machst."

„Kennst du denn die Zwerge, die für Polka arbeiten und ihn auch bewachen?"

„Nein, ich war noch nie oben, und die Zwerge finden auch nur sehr selten zu uns Menschen hinunter. Die Prinzessin Federica hat einen kleinen Freund, er heißt Jorge und gehört zu den hiesigen Zwergen. Er hat schon oft etwas vermitteln können, aber momentan ist er auch im Schloss beschäftigt, um dort bei den Aktionen zu helfen, die gegen die Tierversuche geplant sind."

„Das macht nichts", sagt Beata mutig. „Meine Freundin Laura, das Murmeltier muss im Moment auch tapfer sein und sehr aufpassen, dass sie sich bei dem Herrn Buhmann nicht verdächtig macht. Gestern Abend haben wir uns einmal kurz getroffen, und mein Kuscheltier hat mir erzählt, dass man dort immer auf der Hut sein muss. Ich werde mir jetzt einmal an meiner Freundin ein Beispiel nehmen und meine ganze Fantasie spielen lassen."

In diesem Moment entdecken sie einen von Büschen fast überwachsenden Eingang, vor dem ein Zwerg in grauer Kleidung wacht.

Maria und Beata begrüßen ihn freundlich, und während sich das kleine Mädchen in Gedanken gerade eine längere Erklärung ausdenkt, beginnt der Kleine bereits mit seiner fröhlichen Begrüßung. „Tag, ihr beiden Wanderer! Ich bin einer der Zwerge, die für die Bewachung des Höhleneingangs zuständig sind und heiße Mops. Die Prinzessin Federica hat euch bereits ankündigen lassen, und wir alle wissen über euer Anliegen Bescheid. Trotzdem möchte Polka momentan keinen Besuch empfangen, und schon gar keine Menschen."

„Ich bin nur ein kleiner Mensch", gibt das Mädchen zu bedenken. „Ich bin nicht viel größer als du, und ich möchte den ehrwürdigen Drachen überhaupt nicht stören.

Trotzdem kann ich mir vorstellen, dass es ihm nicht egal ist, was mit den Menschen in seinem Tal passiert."

„Das ist es ihm auch nicht", weiß der Zwerg. „Im Gegenteil. Er sieht und hört alles und macht sich ständig große Sorgen. Aber es reicht ihm, wenn er über alles informiert wird, und er möchte nicht zusätzlich noch mit den Menschen, die ihn ärgern, zusammenkommen."

„Aber ich werde ihn ganz bestimmt nicht ärgern", verspricht Beata. „Im Gegenteil, ich habe sehr gute Nachrichten für ihn. Ich könnte ihm von den ganzen Kampagnen erzählen, die in San Lorenzo ins Rollen gebracht werden. Sie alle dienen dazu, hilflose Tiere zu schützen, denn wir wollen, dass die Tierversuche eingestellt werden und man in Zukunft mehr Rücksicht auf die Natur nimmt. In diesem kleinen Königreich gibt es ganz viele gute Menschen, die helfen wollen. Aber wir können nur helfen, wenn wir alle zusammenhalten. Keiner ist so mächtig, wie der Drache Polka. Wenn er sich mit uns auf eine Seite stellt, können wir zusammen viel mehr bewirken."

„Dabei kann dir Polka nun wirklich nicht weiterhelfen", erklärt Mops. „Was die Menschen unten im Tal verkehrt machen, müssen sie auch wieder korrigieren. Wenn es Menschen gibt, die Unrechtes tun, egal, ob an anderen Menschen oder an Tieren, dann müssen es

Menschen auch wieder in Ordnung bringen. Da gibt es feste Gesetze für die Drachen, und Polka kann und darf sich da nicht einmischen. Aber ich glaube, deswegen bist du gar nicht gekommen. Federica hat uns sagen lassen, dass es um diesen Bauernhof geht, in dem in Zukunft viele Kinder leben sollen, die man kreativ ausbildet, die man künstlerisch fördern kann. Ist das so richtig?"

„Ja, diesen schönen Bauernhof gibt es bereits, und viele Handwerker und andere Menschen haben geholfen, ihn zu renovieren, und ihn so fertig zu stellen, dass die Lehrer mit den Kindern dort gut leben können. Da ist die Luft noch viel besser als unten im Tal, und jedes Kind hat ein eigenes

Schlafzimmer, was ich ganz toll finde, denn ich habe selbst zu Hause mein eigenes Schlafzimmer, in dem ich mit meinen Kuscheltieren schlafen und mich wohlfühlen kann."

„Wir Zwerge haben auch nicht immer ein Einzelzimmer", antwortet der Zwerg mürrisch. „Also, warum sollte sich Polka da einmischen?"

„Es geht ja um die Überschwemmungen, die mindestens einmal in diesem Tal stattfinden und auch weiter stattfinden werden. Das könnte zu einem schlimmen Unglück werden", erklärte das kleine Mädchen seufzend.

„Es ist ja auch kein Wunder, wenn die Menschen die Umwelt so beschädigt haben, die Gletscher schmelzen und alles wird korrigiert, die Bäche und Flüsse begradigt und vieles mehr. Diese Überschwemmungen sind eine Folge allen unvernünftigen Handelns."

Beata nickt. „Du hast sicher recht, lieber Mops. Aber wir alle wollen uns doch bessern, wir wollen uns Mühe geben, und die Kinder, die in Federicas Internat lernen und groß werden, können bessere Menschen werden. Sie werden viel sympathischer sein als andere und werden mitleiden, wenn sie gequälte Tiere oder eine gequälte Natur erleben. Das alles gibt doch

Hoffnung für eine bessere Welt, oder?"

„Das alles hört sich ganz gut und schön an. Aber wer gibt uns und dem Drachen Polka eine Garantie?"

Das Mädchen sieht ihn betrübt an. „Garantie gibt es leider nicht. Das hat mir schon ganz früh meine Mama beigebracht. Sie sagte mir, in diesem Leben gibt es für gar nichts eine Garantie, es ist und bleibt ein Risiko. Diesen Satz hat sie so oft gesagt, dass ich ihn mir gemerkt habe."

Der Zwerg betrachtet das Kind genauer. „Du hast also den weiten Weg hierauf gemacht, um den Drachen Polka um Hilfe zu bitten. Hast du denn auch schon eine genaue Vorstellung von dem, was er tun soll?"

„Ja, das habe ich. Ich bin ein Mensch, der immer sehr viele Dinge auf einmal tut, und manche schimpfen über mich, weil sie sagen, ich sei nervös oder hyperaktiv. Aber in Wirklichkeit kann ich das, was die Erwachsenen bei uns Multitasking nennen. Ich mache vieles auf einmal, und meistens klappt es auch, ohne dass ich das Porzellan in der Küche zerschlage."

Der Zwerg zieht die Stirn in Falten und hüstelt verlegen. „Und was hast du dir nun überlegt? Welchen konkreten Vorschlag hast du zu machen?"

„Ich habe gehört, dass die Drachen in den Höhen der Berge auch häufig rumoren, ihre Gymnastik üben, sich manchmal sogar austoben. Bei dem großen Drachen Maximus im Berg Ätna auf Sizilien sind bereits unzählige Höhlen entstanden, die den Berg wie einen Schweizer Käse durchlöchern."

„Was willst du damit sagen? Dieser Berg hier hat genug Höhlen, und Polka kennt und braucht sie alle."

„Ich finde das ja auch toll, dass dieser große Hüter dieser Berggipfel eine schöne geräumige Wohnung mit vielen Zimmern hat, aber ich bitte ihn, nur eine einzige Röhre neu zu installieren, oder sich von einer alten zu trennen, die er nicht so nötig braucht."

Mops hebt die Augenbrauen. „Und dann, was soll dann geschehen?"

Man könnte diese Höhle von oben bis unten durch den Berg bauen und mit Stopfen verschließen. Wenn es oben zu doll regnet, kann man den oberen Stöpsel entfernen und das Wasser nach unten durch den Berg laufen lassen. Mit einem weiteren Stöpsel kann man das untere Ende verschließen und nach Bedarf öffnen lassen, damit das Wasser in verschiedenen kleinen Bächen wieder austreten und an anderen Stellen in die Täler laufen kann. Auch die Natur hat manchmal solche unterirdischen Wege geschaffen. Es gibt sie unter Gletschern und auch an anderen Stellen im Gebirge. Damit hätten wir einen Notausgang für das

Wasser geschaffen, das sonst bei Überflutungsgefahr unser Tal laufen würde."

„Für euch Menschen wäre das sicher eine Erleichterung", räumt der Zwerg ein. „Aber was bringt es unserem Drachen Polka?"

„Wahrscheinlich ganz viel", überlegt Beata. „Ich glaube, die Menschen wären dem Herrscher der Berge immer weiter dankbar, und das würden sie sicher auch zeigen."

„Du vergisst, dass die Menschen nicht so lange leben. Drachen werden viel älter, und wenn ihr schon längst in einer anderen Welt seid, dann werden eure Enkelkinder hier wieder herumtoben und mit der Natur ihren Schabernack treiben und alles ist wie vorher."

„Wir werden alles aufschreiben und dokumentieren, und in Geschichtsbüchern notieren, was Polka Gutes getan hat, dann werden ihm auch unsere Urenkel und ihre Kinder dankbar sein."

„Ich glaube nicht, dass dein Vorschlag unserem großen Drachen Polka gefallen wird", überlegt Mops.

„Beata seufzt. „Und warum nicht? Der Herr der Berge müsste nicht allzu viel dafür tun, aber die Menschen könnten ihm vielleicht auch in Zukunft ein paar Wünsche erfüllen."

„Ein Drache ist nicht so wie ein Mensch. Ein Drache hat ähnliche

Veranlagungen wie ein Hund. Die sind oft auch sehr bescheiden und mit dem zufrieden, was man ihnen bietet. Polka lebt in seinen Höhlen und hat dort alles, was er braucht. Aber eines weiß ich ganz gewiss, er sagt immer, dass es den Menschen nicht guttut, wenn es ihnen zu gut geht, wenn sie alles haben, was sie sich wünschen. Er ist der Meinung, dass die Menschen immer einmal wieder Kummer haben müssen, damit sie zur Vernunft gebracht werden und nicht übermütig sind. Er glaubt, dass sie von Zeit zu Zeit immer wieder eine solche Überschwemmung brauchen. Er meint, der Mensch müsse Ehrfurcht vor der Schöpfung haben, und ab und zu müsste man ihm einen kleinen Schubs geben."

„Ich glaube, da muss er sich keine Sorgen machen", findet das kleine Mädchen. „Es gibt so viele Naturkatastrophen auf der Welt, und viele Menschen haben schon begriffen, dass es nicht so weitergehen kann. Aber gerade hier in diesem Tal, in diesen Bergen, die zu San Lorenzo gehören, hier wohnen so viele Menschen, die eine bessere Zukunft bauen wollen. Gerade hier in dem Teil Europas, in dem schon viele Menschen achtsam sind, ist es doch wichtig, dass die Menschen nicht entmutigt oder gar geschädigt werden. Ich bin sicher, dass hier Menschen leben, die auf alles aufpassen."

Der Zwerg schmunzelt. „Das war ja eine tolle, lange Rede. Hast du sie zu Hause auswendig gelernt? Hat sie dir deine Mutter geschrieben?"

Die Kleine schüttelt den Kopf. „Nein, das, was ich gesagt habe, das meine ich. Meine Mutter und mein neuer Vater Theo und mein Kuscheltier Laura sind alle meiner Meinung, und wir haben natürlich viel darüber gesprochen, ja, in der letzten Zeit haben wir fast jeden Abend darüber diskutiert. Außerdem habe ich eine neue Freundin gefunden, das ist die Donata, und sie erfüllt auch vielen Menschen besondere kleine Wünsche, aber auch nur, wenn sie gut sind. Mit ihr habe ich auch über alles geredet. Mit Adelaide aus Sankt Augustine habe ich auch gesprochen, und sie hat sogar einen ganz lieben Menschen im

Himmel, der uns helfen will. Solange er lebte, hat er immer für arme Menschen und für bedrohte Tiere gekämpft, und Adelaide glaubt, dass er auch jetzt noch aus einer anderen Welt die Möglichkeit hat, einzugreifen und schlimme Dinge zu verhindern."

Der Zwerg staunt „Das hat dir diese alte Dame gesagt?"

„Ja, und ich glaube ihr. Denn ich weiß auch, dass es Wunder gibt, und hier in San Lorenzo sind auch schon viele Wunder geschehen. Man muss nur an sie glauben, und es muss für einen guten Zweck sein. Es gibt sogar ein Stern, den man in der Nacht anschauen und sich dabei etwas wünschen kann. Das ist eine Sonne aus dem Sternbild „Löwe". Er heißt Beta

Leonis und ist sechsundzwanzig Lichtjahre von der Erde entfernt, aber man kann ihn trotzdem in der Nacht ganz hell sehen. Wenn man sich auf ihn konzentriert, wird er immer heller und seine Strahlen breiten sich aus. Wenn das dann passiert, dann weiß man, das bewirkt Moro, und das ist Adelaides Mann, der seine Hand im Spiel hat. Ach nein, sicherlich nicht seine Hand. Adelaide hat mir erzählt, dass alles, was er tut, aus seinem Herzen kommt. Er will uns mit Sicherheit auch helfen. Und ich habe mir gedacht, es ist gut, wenn wir auch beten. Natürlich weiß ich, dass sich die Menschen erst mal selbst helfen sollen. Aber das habe ich auch immer versucht, als ich krank war. Und allein geht es eben manchmal nicht. Also können wir gemeinsam etwas schaffen: wir fragen alle, die die Möglichkeit haben, uns zu helfen. Und hier in den Brenta-Alpen ist es der wundervolle Drache Polka, der die Möglichkeit hat, diesen Abfluss herzustellen, der das viele Wasser abfließen lassen kann."

Mops verzieht das Gesicht. „Du meinst also, dass die Menschen in Zukunft hier weiter achtsam sein werden, auch noch in vielen, vielen Jahren? Kannst du das denn versprechen?"

Beata seufzt. „Meine Freunde, die kenne ich, für die kann ich die Hand ins Feuer legen, und für die kann ich auch alles versprechen. Wir werden versuchen, alles so weiterzugeben, damit man sich immer wieder daran erinnert. Du kennst doch bestimmt auch die Geschichte vom Regenbogen, als Gott den Menschen ein Versprechen gab, dass er ihnen immer wieder hilft. Ich glaube einfach fest daran, dass es möglich sein wird. Und ich werde morgen Nacht mit Adelaide den großen Stern anschauen, und wir werden gemeinsam auch Moro um Hilfe bitten. Das kann ich alles tun. Meinst du, Polka ist damit zufrieden?"

Mops schmunzelt. „Ich weiß es nicht. Ich kann dir nur sagen, er hat jetzt alles mitgehört, denn wir sind elektronisch gut ausgestattet, außerdem auch ausgezeichnet vernetzt. Er hat mir gerade durch ein Signal zu verstehen gegeben, dass er sich die ganze Sache überlegen wird. Ihr dürft jetzt erst einmal wieder nach Hause gehen und euch von dieser weiten Wanderung erholen. Alles andere wird sich finden, denn Polka wird euch auf jeden Fall eine Antwort geben."

Maria und Beata bedanken sich bei dem Zwerg, verabschieden sich mit guten Wünschen und treten den Heimweg an.

Kapitel 17

Im Konferenz-Zimmer des Schlosses haben sich die Fee Lamina, die ältere Dame Donata, die Schneekatze Lucia, die kleine Elfe Lorena, Adelaide und der Zwerg Jorge eingefunden, um mit der Prinzessin die weiteren Aktionen zu beratschlagen.

Federica begrüßt die Anwesenden und bitte zunächst die Katze, über ihre neuesten Erkenntnisse zu berichten.

„Wie ihr wisst, überwache ich die Testphase des neuen Hundefutters. Bisher handelt es sich tatsächlich noch um ein minderwertiges Futter, dass sehr wenige Nebenwirkungen hat. Trotzdem habe ich allen Hundehaltern, den

Herrchen der Probanden davon abgeraten, ihren Tieren das Futter zu verabreichen, damit nichts Unvorhergesehenes passieren kann. Allerdings gab es ein paar Hundehalter, deren Gewissen es nicht zulässt, ihren vertraglichen Verpflichtungen nachzukommen. So gibt es drei Frauen und einen Mann, die ihren Tieren jetzt während der Testphase das Futter regelmäßig verabreichen. Ich habe ihnen jedoch geraten, dieses Futter mit einem normalen Hundefutter abzuwechseln, um die, bis jetzt noch geringe Suchtgefahr zu verringern. Ich hoffe, dass in dieser Phase jetzt kein Tier Schaden erleiden muss. Ich betreue die Tiere, die das Futter probieren täglich und überwache regelmäßig ihren Gesundheitszustand. Dies sind momentan meine Ergebnisse, aber ich reiche das Wort weiter an jemanden, der euch viel mehr zu erzählen hat."

Er deutet auf Lorena, und die kleine Elfe beginnt. „Inzwischen konnte ich einige Einblicke in die Aktionen der neuen Tierfutter-Firma gewinnen. Obwohl ich mich schnell und ziemlich frei bewegen kann, ist mir jedoch eine Juliane, zweite Sekretärin des Chefs, bei all meinen Erkundigungen sehr hinderlich gewesen. Sie lässt ihren Computer kaum eine Sekunde unbeaufsichtigt und schließt alles ständig ab, alles, was man nur einschließen und verstecken kann. Dies tut sie sogar, wenn sie nur einmal kurz auf die Toilette geht. Sie ist eine junge, attraktive Frau, die sich sehr gut mit ihrem Chef versteht. Daher vermute ich auch, dass sie all seine Geheimnisse kennt."

Federica überlegt. „Uns allen ist ja zu Ohren gekommen, dass sich momentan auch die Hexe Nüssli und ihr Sohn Hieronymus in San Lorenzo befinden, und zwar in der Verkleidung ganz normaler Menschen. So, wie du über Juliane sprichst, so stelle ich mir auch die Hexe Nüssli in Verkleidung vor. Bisher hat sie immer einen Riecher für gute Geschäfte gehabt, und möglicherweise macht sie jetzt mit Norbert Buhmann gemeinsame Sache."

Lamina zweifelt. „Die Hexe Nüssli war zwar immer zu Menschen sehr grausam und liebt es, die Macht an sich zu reißen, aber sie selbst stammt in ihrer alten Ahnenreihe aus der Familie der Katzen. Ich kann mir nicht vorstellen, dass sie sich tatsächlich bereichern will, indem sie Tieren schadet."

„Wenn diese Juliane unsere Hexe Nüssli ist, dann steckt sie schon ziemlich tief drin" fährt Lorena fort, „denn einiges konnte ich auf dem Computer schon erkennen. Buhmann hat nämlich viele Kontaktadressen gespeichert, bei denen es sich um Labore mit Tierversuchen handelt. Des Weiteren hat er vor, eine große Tierzucht-Organisation zu gründen, in denen Tiere für Forschungszwecke gezüchtet werden sollen. Seine Absichten sind klar und, wenn es sich bei

Juliane um Nüssli handelt, dann steckt sie mittendrin."

Federica seufzt. „Das alles ist sehr schlimm, und wir müssen ein Fortschreiten der Dinge unbedingt baldmöglichst verhindern und schnell etwas unternehmen."

„Wir müssen den richtigen Moment abpassen", warnt die Schneekatze. „Ich bin ständig mit den Angestellten der Firma in Verbindung, genauso wie Laura, die momentan dort die Stellung hält. Wenn wir jetzt die Testphase unterbrechen, können wir Buhmann überhaupt nichts nachweisen. Wir können tatsächlich erst eingreifen, wenn dieser Norbert seine Kontakte auch nutzt und die ersten Schritte unternimmt. Wenn wir ihm jetzt etwas lediglich unterstellen, wird er sein ganzes Zeug zusammenpacken und an einem anderen Ort unerkannt neu loslegen. Dann haben wir nichts gewonnen. Wir müssen tatsächlich noch etwas abwarten."

Lorena fliegt auf Federica Schulter. „Da bin ich ganz anderer Meinung. Wenn wir die Testphase abwarten, kann er damit schon einigen Tieren, wenn auch nur minimal, geschadet haben. Und seine Kontaktkreise werden sich vergrößern. Ich bin dafür, dass wir sofort etwas unternehmen."

Die Prinzessin hebt die Augenbrauen. „Ich bin völlig ratlos. Was sollten wir jetzt unternehmen?"

„Wir machen diesem Buhmann ein Lockangebot", verrät Lorena.

„Und wie soll das aussehen?" will Lamina wissen.

„Wir gründen auf die Schnelle ein Scheinlabor und fragen bei Buhmann an, ob er uns Tiere beschaffen kann. Dann vereinbaren wir mit ihm ein Treffen und wir schließen einen Vertrag mit ihm. Und schon schnappt die Falle zu."

„Das ist eine gute Idee", findet die Prinzessin. „Was sagst du dazu, Lucia? Du hattest gesagt, dass du warten möchtest. Wärst du mit diesem neuen Plan einverstanden?"

„Er ist nicht ungefährlich, und wir müssten alles sehr gut vorbereiten. Natürlich kann es auch sein, dass dieser Norbert eine Falle wittert und nicht auf unser Angebot anspringt. Aber einen Versuch wäre es tatsächlich wert. Je eher wir ihn festnageln können, umso besser ist es für die Tiere."

„Kann dieser Buhmann nicht auch Hieronymus sein?" erkundigt sich Lamina.

„Auf keinen Fall", weiß Lorena. „Als sich dieser Futtermittel-Hersteller hier in San Lorenzo niederließ, war Hieronymus definitiv noch in San Remo in seinen Weinbergen. Da bin ich selbst zu dieser Zeit ein paar Mal hin und her geflogen, weil ich wissen wollte, ob er hier auch seine Hand mit im Spiel hat. Aber tatsächlich war er zu dieser Zeit noch am Mittelmeer. Ich weiß auch aus sicherer Quelle, dass er sich jetzt hier in San Lorenzo in einen attraktiven jungen Mann verwandelt hat und hier irgendwo sein Unwesen treibt."

Donata erschrickt. „Hoffentlich handelt es sich da nicht um den jungen Ermanno, in den sich gerade meine junge Freundin Maria verliebt hat. Das wäre ja schrecklich!"

„Meinst du, die junge Frau, die mit der kleinen Lotta täglich im Park spazieren geht", erkundigt sich Adelaide.

„Ja, genau die meine ich, und Ermanno hat auch einen Hund, einen Labrador mit Namen Filippo. Ich weiß auch, dass er im Keller ein kleines Labor hat, in dem er das Tierfutter testet?"

„Ach, das wäre ja wirklich schlimm, wenn diese nette junge Frau nun auch an den mürrischen und meckernden Hieronymus geraten wäre! Gestern ist sie nämlich noch mit der kleinen Beata in die Bergehinauf gewandert, hat den Drachen Polka besuchen wollen und mit dem kleinen Mädchen darum gebeten, dass der Herr der Berge etwas gegen die möglichen Überschwemmungen unternimmt. Sie hoffen, dass Polka uns hilft und das Kinder-Internat endlich eine Genehmigung zur Eröffnung bekommt."

„Das finde ich sehr schön von den beiden", freut sich Federica. „Ich hoffe, dass Polka eine Lösung findet und uns allen weiterhilft."

„Heute Nacht möchte die kleine Beata mit mir den Stern Beta Leonis anschauen" berichtet Adelaide, „denn sie möchte unbedingt mit Moro sprechen und ihn bitten, uns zu helfen, wenn wir die Aktionen gegen die Tierversuche durchführen."

„Es ist wirklich erstaunlich, wie sehr sich die Kleine verändert hat", findet Lamina. „Ich weiß noch, wie sie so sehr krank war. Aber das Murmeltier Laura hat ihr mit sehr viel Empathie geholfen und die Trauerzeit mit ihr überwunden. Wir sollten dafür sorgen, dass alle Kinder Kuscheltiere bekommen, denn offenbar haben sie eine heilende Wirkung."

„Ich unterbreche nur ungern", meldet sich Lorena zu Wort.

„Vielleicht können wir darüber noch einmal in den nächsten Tagen sprechen, und ich denke, es ist bestimmt ein wichtiges Thema. Ja, da sollten wir etwas unternehmen. Doch jetzt möchte ich euch fragen, wie wir das nun mit Buhmann inszenieren. Wem fällt da eine schnelle Lösung ein?"

„Ich werde das machen", meldet sich die Prinzessin. „Und zwar unternehme ich das nicht nur im Auftrag meiner Eltern, sondern auch in Vertretung aller Bürger von San Lorenzo. Ich schreibe dem Firmenchef sofort eine E-Mail und behaupte, die Besitzerin einer Laborkette zu sein, und ich werde ihm ein Angebot machen, das er nicht ablehnen kann. Ich werde ihn nach Tieren fragen, und ihm eine riesige Summe Geld bieten."

„Das ist sehr gewagt", findet Laura. „Wie stellst du dir denn ein Treffen mit diesem Norbert vor?"

„Für den Tag werde ich ihm Morgen vorschlagen, damit wir keine Zeit verlieren. Das begründe ich damit, dass ich vorgebe, nur heute noch in diesem Land zu sein. Ich teile ihm mit, dass ich morgen Abend wieder nach Amerika fliegen muss. Einen Vertrag werde ich schon vorbereiten, und ihr dürft euch als Zeugen im Hintergrund aufhalten und zuschauen, wenn er den Vertrag unterschreibt."

„Aber woher soll er denn so schnell so viele Tiere beschaffen können?" wendet Donata ein.

„Der Vertrag wird zwar schon gemacht, aber die Lieferung kann später erfolgen, und ich bin ganz sicher, dass Buhmann sich in der Welt umschauen wird, um Versuchstiere zu suchen."

„Aber er wird dich erkennen", wendet Donata ein.

„Dagegen können wir etwas tun. Als ich damals gezwungenermaßen mit Nüssli zusammenlebte, habe ich gelernt, wie man sich mit einigen Accessoires gut verkleiden kann. Und du, liebe Donata, bist die Herrin der guten Wünsche. Von dir wünsche ich mir für die Dauer des Vertrags-Abschlusses, dass du mir ein anderes Aussehen verleihst. Liegt das im Bereich des Möglichen, oder zauberst du eher im Bereich der Emotionen?"

„Dafür benötige ich keine Zauberei, und du musst auch keinen Wunsch verschwenden. Ich verstehe etwas von Maskenbildnerei und Camouflage, da werde ich dich so verwandeln, dass du dich selbst nicht wieder erkennst. Also gut, ich bin mit dabei."

„Ich muss mir nur noch einen Ort für ein Treffen ausdenken", überlegt die Prinzessin. Sicher wird Norbert nicht einfach in das Café oder den Dorfgasthof kommen wollen. Einen einsameren Ort wird er eher aufsuchen. Aber wenn ihr in meiner Nähe seid, wird mir nichts passieren, da bin ich ganz sicher. Wenn ihr alle damit einverstanden seid, fange ich lieber sofort an. Ich setze die E-Mail auf, gebe sie noch einmal meinem Freund Mario, damit er seine Meinung dazu abgibt, und dann sende ich sie gleich los."

Die Schneekatze kratzt sich hinter dem linken Ohr. „Und was ist mit der Hexe Nüssli? Wenn sie diese Juliane ist, dann wird sie diese Mail zuerst lesen. Sie ist nicht dumm, sie wird dir eine Falle stellen wollen. Du erinnerst dich doch bestimmt noch gut an all die Mittel, mit denen sie gekämpft hat."

Federica nickt. „Natürlich, sie gab mir Betäubungspflaster und Tropfen, sie hat mich hypnotisiert und mit Zaubereien belegt. Ich weiß, dass sie gefährlich ist. Aber ihr werdet in meiner Nähe sein, da könnt ihr schnell eingreifen."

Lamina stöhnt. „Ich glaube nicht, dass deine Eltern damit einverstanden sein werden. Und auch Mario wird etwas dagegen haben. Du weißt, dass es ein Risiko ist. Du kennst die Hexe Nüssli mit all ihren Bosheiten, und du weißt nicht, was dieser Norbert Buhmann alles im Schilde führt und wie gefährlich er sein kann. Denn dass er gefährlich sein kann, das ist wohl jedem von uns hier sternenklar. Wer solche grausamen Dinge mit Tieren inszeniert, der hat kein Herz, dem kann man alles zutrauen. Außerdem wissen wir noch nicht, in welcher Gestalt sich Hieronymus befindet und wie und mit wem er hier agiert. Wir sollten dann sicherheitshalber auch einmal ein Auge auf diesen Ermanno haben."

„Natürlich können wir das tun", gibt die Prinzessin nach. „Sobald ich die Mail abgeschickt habe, können wir uns um alle Einzelheiten und alle Vorsichtsmaßnahmen kümmern. Und du Lorena, kannst vielleicht diese Juliane etwas genauer beobachten! Es wäre günstig, wenn du dich im Büro befändest, genau zu dem Zeitpunkt, wenn meine Mail ankommt."

„Wenn du mir sagst, wann du sie abschickst, fliege ich sofort dorthin. Du weißt ja, dass ich schneller bin als die Lichtgeschwindigkeit. Ich werde diese Sekretärin nicht nur genau beobachten, sondern ihr auch in die Augen schauen und versuchen, in ihren Gedanken zu lesen."

„Das klingt gut", findet Federica. „Ich weiß, dass ich mich auf euch alle verlassen kann."

„Gut, wenn wir uns noch über alle Vorsichtsmaßnahmen einigen können, dann bin ich grundsätzlich damit einverstanden", verkündet Lamina. „Diesen Norbert Buhmann bei einer verbrecherischen Unterschrift zu ertappen, das ist momentan wirklich die einzige Lösung, ihn überführen zu können. Die Kontakte in seinem Computer beweisen nämlich noch gar nichts. Und es ist wichtig, dass wir ihm möglichst früh das Handwerk legen. Lasst uns all unsere kleinen

Helfer mobilisieren! Der Schrecken muss ein Ende haben."

Kapitel 18

Die Nacht ist hereingebrochen, Adelaide und Beata wandern den kleinen Hügel hinauf, der sich neben der Kleinstadt erhebt und eine Aussicht auf die erleuchteten Häuser in der Ebene bietet.

„Gut, dass du dir einen warmen Mantel und eine Mütze angezogen hast", lobt die ältere Dame das Mädchen. „Sobald die Sonne fort ist, wird es in diesem Tal recht kühl."

„Meine Mutter meinte, das sei für heute die richtige Bekleidung", berichtet die Kleine. „Siehst du auch die vielen Lichter dort unten im Tal? Ich wusste gar nicht, dass so viele Leute um diese Zeit noch wach sind. Dann habe ich das Gefühl, dass wir nicht allein sind."

Adelaide lächelt. „Wir sind wirklich nicht allein, ganz viele Gedanken von vielen Menschen und Wesen wandern mit uns. Alle unsere Freunde im Tal wünschen uns jetzt ein gutes Gelingen."

„Es ist schön hier draußen", findet Beata. „Eine warme Sommernacht lässt alle Pflanzen und Bäume duften, und ich glaube, der Wind kommt von Süden, denn er ist ganz mild."

„In einer solchen Nacht habe ich mich mit Moro das erste Mal getroffen", berichtet die ältere Frau. „Und der Sommer duftete genau wie heute."

„Und du warst verliebt?" will die Kleine wissen.

„Es war etwas ganz Besonderes. Ich war damals ein junges Mädchen und vorher schon ein paarmal verliebt gewesen mit vielen Schmetterlingen im Bauch, aber als ich Moro in die Augen sah, da wussten wir es beide, in diesem Moment winkte uns ein Stern zu, der uns immer magisch begleiten würde. Hatte ich bis eben beim Verliebtsein immer nur Schmetterlinge im Bauch gefühlt, so wusste ich dieses Mal, dass sich auch unsere Herzen zuflogen und unsere Seelen miteinander zu tanzen begannen. Und all das drehte sich wie ein golden durchflutetes Knäuel zusammen immer schneller, bis es zu einem einzigen leuchtenden Herzen und einem einzigen strahlenden himmlischen Stern wuchs und die ganze Welt von da an Tag und Nacht zu erleuchten begann."

Beata holt tief Luft. „Auweia, dann warst du aber ganz schwer verliebt. Und das hat nie aufgehört?"

„Nie!" antwortet Adelaide fest. „Und es ist noch viel stärker und tiefer geworden."

Die Augen des kleinen Mädchens leuchten. „Das wünsche ich mir auch mal. Im Moment liebe ich meine Mama, und ich mag Theo, meinen neuen Papa, ich liebe mein Kuscheltier Laura, und ich liebe meine Oma, die auch schon im Himmel ist. Ja, ich kann mir schon vorstellen, wie du dich fühlst. Maria, meine neue große Freundin, ist auch gerade schwer verliebt. Ich glaube, fast so wie du. Und Lotta ist in Filippo verliebt. Hunde können sich nämlich auch verlieben."

Adelaide nickt. „Oh ja! Das weiß ich. Glücklicherweise hatte ich auch einige Hunde, die mich im Leben begleitet haben, und der eine oder andere zeigte auch unter seinen Artgenossen seine Sympathien."

Die Kleine bleibt plötzlich stehen „Meine Mama und Theo, die sind auch verliebt, und sie küssen sich oft, meist wenn sie denken, dass ich es nicht sehe. Aber ich habe gehört, dass sie gestern über Ermanno gesprochen haben. Ganz leise, damit ich es nicht hören sollte. Ist er wirklich der Sohn dieser Hexe Nüssli?"

Adelaide seufzt. „Das wissen wir leider nicht. Und wir wünschen natürlich der lieben Maria, dass er es nicht ist."

„Warum wisst ihr es nicht? Ihr redet doch immer von Menschenkenntnis. Kann man die bei Hieronymus nicht anwenden? Ich habe gehört, dass seine Mutter eine Hexe ist, und sein Vater ein Mensch war, der ihm in San Remo den Weinberg vererbt hat."

„Das ist richtig. Der Vater des Hexensohnes war Soldat, und hat wohl sehr schlimme Dinge erlebt, deswegen hat er den Rest seines Lebens meist in depressiver Stimmung verbracht. Nüssli hat lange um seine Liebe gekämpft, und es gab kein wirkliches Happy End bei ihnen in ihrer Liebesgeschichte. Deswegen hat die Hexe ihren Sohn auch so merkwürdig erzogen. Die einen sagen, in einer Art Hassliebe, die anderen behaupten, sie habe ihn maßlos verwöhnt, und wieder andere denken, dass sie einfach nur Macht über ihn haben will und ihn ständig manipuliert."

Die Wolken schweben davon, geben den Mond frei, und es wird fast taghell.

Beata sieht die ältere Dame aufmerksam an. „Und was denkst du?"

„Eine Mutter-Sohn Beziehung ist niemals einfach, da können zu wenig Liebe, aber auch zu viel Besitz ergreifende Liebe verheerende Folgen haben. Ich habe Nüssli nur einmal sehr kurz kennengelernt, das war, als das Wunder von San Lorenzo geschah, und ich weiß, dass sich Hexen sehr gut verstellen können. So kann man nie bis in ihr Herz schauen. Hieronymus hat schon ein paarmal versucht, sich aus dem Einfluss seiner Mutter zu lösen, aber es ist ihm bisher noch nie für lange Zeit gelungen, deshalb verhält er sich in manchen anderen Angelegenheiten oft labil."

„Labil? Das hat ein Arzt damals zu mir gesagt, als ich krank war. Ist der Hexensohn denn auch krank?"

„Krank? Vielleicht. Er hat noch nicht bei jeder Gelegenheit eine eigene feste Meinung, er traut sich selbst noch nicht alles zu. Und da er noch nicht so alt ist, kann er sich noch in die eine oder andere Richtung verändern, besonders, weil er ja auch zur einen Hälfte ein Mensch ist."

„Aber Menschen können auch schlecht sein", findet das kleine Mädchen. Dieser Norbert Buhmann zum Beispiel, der ist nicht nur schlecht, der ist auch brutal und gemein und herzlos. Das ist, glaube ich, noch viel schlimmer."

„Da stimme ich dir völlig zu", antwortet Adelaide. „Und wer weiß, wenn wieder einmal ein Wunder geschieht, dann könnte sich Hieronymus auch noch positiv entwickeln."

Sie sind auf der Bergspitze angekommen, und die alte Dame zeigt in den Nachthimmel.

„Schau einmal in südliche Richtung, dort findest du das Sternbild des Löwen. Im Augenblick kann man mehrere Sterne aus diesem Sternbild sehen. Im Frühjahr kann man es am besten erkennen, und jetzt sieht man auch einige wichtige Sterne daraus, zum Beispiel Denebola, Rebulus und Algiebra. Ich denke jetzt an Moro, und du, schau bitte genau in den Himmel!"

Beata heftet die Augen auf die blinkenden Sterne, die am unendlichen Firmament erstrahlen. Sie setzt sich ins Gras, blickt unentwegt auf die Sterne, zwischen denen sie Beta Leonis vermutet, und mit einem Mal strahlt sie. „Ich habe ihn gefunden, ja, das muss er sein."

„Wenn er heller erstrahlt als die anderen und heftig blinkt, dann ist er es", erklärt Adelaide und sieht mit leuchtenden Augen in die Ferne. „Ich spüre ihn, meinen Moro, und ich bin ganz sicher, dass er uns ganz nah ist. Wir wollen ihn jetzt bitten, dass er uns hilft. Er liebt die Tierwelt und fühlt sich für sie verantwortlich, so, wie das alle Menschen tun sollten. Er will, dass wir uns für die Tiere einsetzen, und das werden wir tun. Das will ich ihm versprechen."

„Wenn er die Tiere liebt, und dich liebt, dann wird er uns helfen", sagt das kleine Mädchen hoffnungsvoll und blickt unverwandt auf den hell leuchtenden Stern.

„Ja, da bin ich mir auch ganz sicher", antwortet Adelaide fest und bleibt eine Weile stumm und ergriffen auf der Stelle stehen.

Auch die kleine Beata spürt, dass gerade etwas Besonderes geschieht. „Es ist irgendwie wie zu Weihnachten, so wie bei dem heiligen Fest. Es geschieht etwas Wunderbares und alle schweigen still."

Eine ganze Weile verharren Beata und die ältere Dame in Ergriffenheit und scheinen sich in einer anderen Welt zu verlieren. Plötzlich scheint es keine Grenzen mehr zu geben zwischen Traum und Wirklichkeit, zwischen

Realität und Vision. Sie fühlen sich losgelöst, wie hochgehoben in eine Welt voller Glück und Leichtigkeit.

Sie scheinen zwischen Himmel und Erde zu schweben, getragen von Engeln oder himmlischen Mächten.

Mitten in diesen verzauberten Moment hinein drängt sich die melodische Stimme einer Eule, die sich beim Näherkommen als die Schneeeule Natascha entpuppt.

„Ich habe eine wichtige Nachricht für euch. Die Prinzessin hat all ihre Freunde im kleinen Salon versammelt. Dort hat sie euch etwas Wichtiges mitzuteilen, bitte kehrt schnell um und findet euch im Schloss ein!"

„Um was geht es denn?" möchte Beata wissen.

„Das will euch Federica selbst sagen", antwortet der Vogel geheimnisvoll. „Aber ich kann euch nicht hinunterbegleiten, denn ich beginne jetzt meinen nächtlichen Rundflug."

Adelaide winkt ihr freundlich zu. „Danke Natascha! Wir finden den Weg schon wieder zurück."

Kapitel 19

Als sich Adelaide und Beata in dem kleinen Salon einfinden, sitzen dort nicht nur Mario, Donata, die Schneekatze und Lamina bei der Prinzessin, sondern auch die neuen Lehrer und Gäste, Tilda, die Autorin, Vito, der Koch, Pierre, der Herr der Düfte und die Malerin, Frau Kunigunde Schnecke.

Federica wartet einen Augenblick, bis die beiden Neuankömmlinge ebenfalls Platz genommen haben, und begrüßt mit klingender Stimme alle Anwesenden.

„Ich freue mich, dass ihr alle so schnell gekommen seid, denn das, was ich euch zu sagen habe, geht auch euch alle etwas an. Natascha, die Schneeeule hat mich eben besucht und mir einen Brief gebracht, den sie für Polka hierher befördert hat. Der Drache Polka hat über unsere Situation nachgedacht und bedankt sich für Beatas Besuch an der Drachenhöhle. Dir, liebe Beata, richtet er herzliche Grüße aus, und er wünscht dir, dass du in deinem Leben weiter so mutig sein wirst und immer wieder für das Gute kämpfst. Er richtet uns allen schöne Grüße aus, und er will uns tatsächlich eine Chance geben. Polka will uns helfen, dass unser schönes Tal von den großen Überschwemmungen frei bleibt."

Die Anwesenden freuen sich und klatschen, und als sich alle wieder beruhigt haben, fährt die

Prinzessin fort: „Des Weiteren teilt uns der Herr der Berge mit, dass er Beatas Idee befürwortet, und er wird tatsächlich ein paar unbenutzte Nebenhöhlen umfunktionieren, um damit eine Kanalisation, einen Abfluss zu schaffen. Auch die Idee mit den Stopfen, ähnlich wie bei einer Schleuse, will er berücksichtigen, und so wird er diesen Neben-Kanal öffnen, sobald uns große Überflutungen drohen. Auch die zweite Schleuse wird er nach unten öffnen, um das Wasser gezielt und in kleinen Bächen ablaufen zu lassen. Er hat sogar schon den Zwerg Geometrus beauftragt, mit den Berechnungen zu beginnen."

Beata freut sich. „Und wann können die Kinder jetzt in den Bauernhof"

Federica lächelt. „Wir haben zwar momentan eine trockene Frühsommerperiode, aber Polka bittet uns, doch mit dem Umzug noch etwas zu warten. Er meint, er gäbe uns dann grünes Licht, sobald das neue Röhrensystem funktionsbereit ist."

Erneut klatschen alle Zuhörer, und die Prinzessin führt ebenfalls die Hände zusammen. „Und da ihr jetzt alle schon einmal hier seid, kann ich euch auch schon mehr über den morgigen Tag berichten."

Alle Augen richten sich erwartungsvoll auf die Prinzessin.

„Inzwischen habe ich alles für das Treffen mit Norbert Buhmann in die Wege geleitet. Die Mail an ihn habe ich zwar an den Chef persönlich geschickt, aber Lorena konnte mir inzwischen berichten, dass die Sekretärin Juliane diese Nachricht ebenfalls, und zwar mit großem Interesse, gelesen hat."

Sie legt eine kurze Pause ein und alle halten für einen Moment den Atem an.

„Nachdem die kleine Elfe ein paar Mal um die Sekretärin herumgeflogen ist, ist sie sich sicher, trotz des stark aufgetragenen Parfums, den Duft der Hexe Nüssli erkannt zu haben. Somit kann es also gut möglich sein, dass meine alte Feindin und sogar Hieronymus am Projekt des

Norbert Buhmanns teilnehmen. Wir haben es also mit sehr geschäftstüchtigen, cleveren und teilweise auch skrupellosen Personen zu tun, vor denen wir uns in Acht nehmen müssen."

„Ich könnte dir deine Aufgabe abnehmen", schlägt Lamina vor.

Federica lächelt. „Nein, das haben mir alle anderen einzeln auch schon vorgeschlagen, auch Adelaide und Mario. Jeder möchte mich schützen, jeder möchte mich schonen. Aber ich bin nun mal eine Repräsentantin des Königshauses von San Lorenzo und möchte deswegen die Angelegenheit selbst übernehmen. Ich sage euch jetzt, was für morgen wichtig ist. Nachdem sich Buhmann einverstanden erklärt hat, mich mittags zu einem kurzen Verhandlungsgespräch zu treffen, habe ich mit ihm einen Treffpunkt ausgemacht. Wir begegnen uns morgen auf dem Hügel, den Adelaide und Beata eben besucht haben. Dort sind wir dem Himmel viel näher, und dort ist der magische Ort, an dem unsere Freundin aus Sankt Augustine immer wieder die Verbindung mit dem Stern Beta Leonis aufnimmt. Es geht um die Tiere, es geht um den Tierschutz, und es geht um die Verhinderung von Gräueltaten. Das hat sich Moro zur Lebensaufgabe gemacht, und deswegen möchte ich auch morgen an diesem Ort den skrupellosen Geschäftsmann Buhmann treffen. Ich weiß nicht, ob ihm Hieronymus und Nüssli heimlich folgen werden, ich weiß nicht, ob er irgendwelche Beschützer mitbringt, aber von euch weiß ich auch, dass ihr in der Nähe sein werdet, um mir notfalls zu Hilfe eilen zu können."

„Das werden wir natürlich tun", verspricht Mario.

„Ich möchte jedoch erst einmal mit dem Chef der Firma allein sprechen und auch allein verhandeln", fährt Federica fort. „Er soll sich ganz sicher fühlen und nach seinem Gutdünken entscheiden. Wenn er dann tatsächlich diesen scheußlichen Vertrag unterschreibt, sind wir auf der sicheren Seite, dann können wir etwas unternehmen. Wir können ihn dann anzeigen, und man wird ihm das Handwerk legen."

„Hoffentlich wittert er keine Falle", überlegt Mario. „Dann wird er mit Sicherheit nicht unterschreiben."

„Als ich heute mit ihm sprach, schien es mir so, als sei er von meinem Angebot sehr angetan. Ich hatte den Eindruck, dass er keinen Verdacht schöpfte. Sein Misstrauen scheint sich momentan noch in Grenzen zu halten."

„Das ist für einen Geschäftsmann sehr seltsam", findet Mario.

„Ja, vielleicht. Aber vielleicht wittert er auch nur ein gutes Geschäft, und Geldgier kann auch manchmal zum Risiko verleiten. Ich denke schon, dass er sich erst einmal absichern wird, wenn er mich sieht. Wahrscheinlich hat er sich längst überlegt, wie er feststellen kann, ob ich ihn hinters Licht führen will, oder ob ich ebenfalls einfach eine skrupellose Geschäftsfrau bin."

„Als wen hast du dich ihm denn vorgestellt?"

„Als Generaldirektorin dieser Laborversuchs-Kette, und Jorge, der bis in alle Welt hin vernetzt ist, hat mir tatsächlich eine Scheinfirma beschafft, mit einem Logo und vielen guten Referenzen. Wenn mich dann morgen Donata noch ein bisschen verzaubert, wird mich keiner erkennen."

Mario zeigt ein besorgtes Gesicht „Was sollen wir dir da wünschen?"

„Den Segen des Himmels", antwortet Adelaide. „Denn den brauchen wir, wenn wir gegen solch skrupellose Menschen kämpfen.“

Kapitel 20

„Wann genau habt ihr den Treffpunkt?" erkundigt sich Mario, als er sich von seiner Freundin verabschiedet.

„Um zwölf Uhr Mittag, also gleich", antwortet Federica gefasst. „Ich bin bereit."

Er hebt die Augenbrauen. „12:00 Uhr mittags? Ein alter Film, den mein Großvater gern geschaut hat, es war ein spannender Western. Hoffentlich ist das ein gutes Omen."

„Gab es denn ein Happy End?"

„Das Gute hat gesiegt", antwortet er lächelnd.

„Dann ist es ein gutes Omen", findet sie. „Bis später!"

Er küsst sie auf die Stirn. „Du siehst sehr fremd aus. Wenn ich nicht wüsste, dass du es bist, könnte ich anzweifeln, dass du meine Freundin bist. Viel Glück!" wünscht er ihr und versteckt sich mit dem Abhörgerät und dem Fotoapparat für Fernaufnahmen hinter den Büschen.

Während die Prinzessin auf das Plateau des Hügels steigt, entdeckt sie eine kleine Libelle über sich, die ihr beim Vorüberfliegen etwas ins Ohr flüstert. „Ich habe auch einen winzigen Monitor dabei, der das ganze Geschehen ins Schloss zu deinen Eltern überträgt. Und wundere dich nicht über meine Gestalt, das hat Donata zuwege gebracht!"

Federica verkneift sich ein Schmunzeln und spaziert tapfer weiter. Schon von weitem entdeckt sie neben der Bank vor einer kleinen Baumgruppe den großen und stabilen Mann, der erwartungsvoll in ihre Richtung blickt. Sie erinnert sich an ihre erste Begegnung beim Spaziergang mit Lamina. Damals hatte sie ihn schon als unsympathisch empfunden.

Beim Näherkommen versucht sie, in seinem glatten, nichtssagenden Gesicht zu lesen, aber sie vermag keine Regung, keinen Ausdruck wahrzunehmen.

Buhmann mustert sie mit einem scharfen Blick. „Guten Tag, Mrs. Miles! Ich freue mich, Ihre Bekanntschaft zu machen. Wie Sie sich schon denken können, bin ich Norbert Buhmann und an Ihrem Auftrag sehr interessiert. Ich habe nicht viel Zeit, und möchte die Sache schnell erledigen. Wenn Sie nichts dagegen haben, können wir uns hier auf die Bank setzen, und ich gebe Ihnen sofort die Unterschriften auf die beiden Exemplare des Vertrags."

„Ich habe auch nichts gegen eine schnelle Erledigung, Herr Buhmann", antwortet sie und versucht, ihrer Stimme Festigkeit zu geben, während ihr Herz aufgeregt klopft. „Wollen Sie sich den Vertrag nicht noch einmal durchlesen?"

„Das ist nicht nötig. Ich habe im Internet Ihre Referenzen gesehen und studiert, und mich ein bisschen über Sie schlau gemacht. Sie haben tatsächlich ein großes Imperium an Laboren, und es ist mir eine Freude, mit Ihnen ein Geschäft machen zu können. Auch an weiteren Geschäften bin ich sehr interessiert. Wenn wir uns einmal kennen, können wir in Zukunft den Rest auch online erledigen, dann ersparen wir uns solche geheimen Treffen."

Sie holt die Verträge aus der Tasche und reicht sie ihm, zusammen mit einem Kugelschreiber.

Bevor er den Stift entgegennimmt, prüft er die Papiere mit einem Scanner. „Das ist ein Spezial-Verfahren", erklärt er ihr. „Damit wird festgestellt, ob dieser Vertrag mit dem identisch ist, den sie mir bereits übermittelt haben."

„Sehr schlau", bemerkt sie. „Man merkt, dass sie ein intelligenter Geschäftsmann sind."

Nach dem Scanvorgang greift er nach dem Stift und unterschreibt schwungvoll und mit großen Buchstaben."

„Sie wissen, was Sie jetzt unterschrieben haben?" fragt die Prinzessin zur Sicherheit noch einmal nach.

„Ja, ich liefere Ihnen pro Monat die gewünschten fünfhundert Versuchstiere für Ihre Labore. So war es doch vereinbart, oder?"

Sie stöhnt leise. „Richtig. Aber werden Sie das auch schaffen?"

„Lassen Sie das nur meine Sorge sein!" antwortet er kalt. „Es ist alles erledigt. Für einen Handschlag bin ich nicht zu haben, der bedeutet mir nichts. Für mich zählt nur, was ich schwarz auf weiß besitze."

„Das glaube ich Ihnen", antwortet die Prinzessin und bemüht sich, diese Worte harmlos klingen zu lassen.

Seine Augen glitzern kalt. „Dann werde ich mich jetzt verabschieden, und den Rest erledigen wir per Internet."

„Viel Erfolg!" presst sie sich heraus.

In diesem Augenblick erscheinen zwei fremde, ebenfalls große Männer und stellen sich schützend neben ihn.

„Das ist nur zu meiner Sicherheit, falls Sie mir eine Falle stellen wollen", erklärt er ihr. „Meine Bodyguards verhindern, dass Sie mich jetzt festnehmen lassen. Ich bin ein vorsichtiger Mensch, man kann ja nie wissen."

„Ich kann Sie gar nicht festnehmen lassen", entgegnet sie. „Ich nehme an, Sie beschaffen sich die Tiere auf eine legale Art und Weise."

Er lacht spöttisch. „Wie sollte ich das schaffen? So schnell funktioniert meine Tierzucht nicht. Selbst mit den Ratten und Mäusen braucht es einen gewissen Vorlauf. Wie heißt es so schön? Das Geld liegt auf der Straße? Ich finde die Tiere überall. Die laufen mir geradezu nach, denn ich habe wohl ein einnehmendes Wesen."

Federica schaudert es, ein eiskalter Schauer läuft ihr über die Haut, wandert über den ganzen Körper. Dieser Mann hat so gar nichts Menschliches, denkt sie. Hoffentlich haben alle Übertragungen gut geklappt, denn dieser brutale Unmensch muss so schnell wie möglich aus dem Verkehr gezogen werden. Sie beschließt, gleich nach ihrer Rückkehr den Tierschutzbund und andere Tier schützende Einrichtungen zu informieren, sowie eine Strafanzeige zu stellen.

Norbert Buhmann sieht sie mit einem überheblichen Blick an. „Dann werde ich jetzt gehen."

„Sie werden von mir hören", antwortet sie zweideutig und wünscht sich mit brennendem

Herzen, ihn sofort dingfest machen zu können.

Doch sie weiß, gegen diese muskulösen Männer können auch Lamina, Adelaide, Jorge und die Schneekatze nichts ausrichten, die in einiger Entfernung hinter dem dichten Gebüsch in Angst und mit Spannung warten.

Buhmann dreht sich um und tritt den Rückweg an, doch in diesem Augenblick erscheint mit einem hämischen Grinsen und Kichern die Hexe Nüssli in ihrer schrecklichsten Gestalt. Die lange Nase reicht fast bis ans Kinn, das sich spitz nach vorn wölbt, und die hochgezogenen Wangenknochen berühren fast die unförmigen Ohren. Nüssli rollt die leuchtenden Augen wie Kugeln in den Höhlen, öffnet den breiten Mund und zeigt einen einzelnen letzten Zahn, der so spitz wie ein Nagel ist und damit den drohenden Gesichtsausdruck verstärkt.

Böse kichernd tanzt sie um die drei Männer herum und verstreut ein blutrotes Pulver aus einem golden blinkenden Säckchen.

Die drei großen Männer bleiben gebannt stehen und sehen die merkwürdige, furchterregende Hexen- Gestalt irritiert an.

Nüssli lacht. „Na, mein schöner Chef! Erkennst du mich wieder? Ich bin deine süße Sekretärin Juliane, die du heiß begehrst. Wollen wir es einmal miteinander versuchen?"

Buhmann glaubt seinen Augen nicht zu trauen. „Wer bist du? Hast du dich für eine Fastnacht verkleidet? Oder machst du dir sonst einen dummen Spaß mit mir? Dafür ist jetzt nicht die richtige Zeit."

Sie lacht laut und spöttisch. „Ja, einen Spaß mache ich mir mit dir, Und Spaß wirst du auch haben. Ich verspreche dir sogar einen lebenslangen heißen Spaß, denn mich wirst du jetzt nie mehr los. Du bist der widerlichste Mensch, der mir je begegnet ist, und das, was du tust, ist teuflisch. Aber dazu wirst du jetzt keine Gelegenheit mehr haben, denn ich werde dir auf die gierigen Finger schauen und dir ein tollwütiges und ausgehungertes Wolfsrudel hinterherjagen, wenn du es jemals wieder wagst, dich an unschuldigen Kreaturen zu vergreifen. Eigentlich bist du es nicht wert, auf dieser schönen Erde zu leben, aber ich bin nicht der Richter, deswegen werde ich dir dein Leben lassen. Wenn du dich besinnst, kannst du eine Tierfutter Firma eröffnen. Allerdings solltest du dir dazu neue Rezepte erwerben, sonst werde ich dich demnächst mit Tierfutter füttern, aber mit deinem minderwertigen. Doch wenn du es jemals wieder wagst, an Tierversuche zu denken, Labore zu kontaktieren oder Tiere zu züchten, dann wirst du meine übelste Seite kennen lernen, und du wirst nie mehr etwas zu lachen haben."

Buhmann und die beiden Männer wollen sich fortbewegen, aber es gelingt ihnen nicht, wie angewurzelt kleben sie auf dem Untergrund und können sich nicht rühren.

Nüssli lacht laut und schadenfroh. „Von nun an stehst du lebenslang unter meiner Bewachung. Ich kann überall sein, du kannst vor mir nicht fliehen und deine Männer ebenso wenig. Ich finde dich im hintersten Winkel der Erde, selbst in den Vulkanhöhlen das Drachen Maximus, und ich rate dir, es gar nicht erst versuchen, dich vor mir zu verstecken. Mein Sohn Hieronymus und ich, wir beobachten euch schon eine ganze Weile, und ich muss ehrlich sagen, es hat uns angeekelt, dir zuzuschauen. Denk nicht, diese kleine Prinzessin von Lorenzo hätte uns gerufen. Nein, wir sind nie Freunde gewesen, dieses romantische Wesen und ich. Wir leben nicht in der gleichen Welt, Federica und ihre Freunde. Mein Sohn und ich, wir haben schon viel Schlechtes getan und uns stets gefreut, wenn sich die Menschen gegenseitig das Leben schwer machen. Und wir haben gedacht, sie verdienen es nicht anders. Aber ihr, du und andere, die genauso gewissenlos und skrupellos sind und sich an den armen Tieren vergreifen, ihr seid wirklich das Schlimmste, was aus der Menschheit hervorgegangen ist. Wer sich an Wehrlosen, an Kindern oder Tieren vergreift, der hat kein Recht, frei schalten und walten zu dürfen. Die Menschen haben die Fußfesseln erfunden, aber glaube mir, meine Fesseln sind viel schlimmer. Hast du gedacht, die Hexen wären im Mittelalter im Feuer umgekommen? Oh nein, wir haben das Feuer überlebt und dieses Feuer werde ich dir auch überall unter deinen Füßen machen, wenn du es noch einmal wagst, so zu handeln wie du es vorhattest. Du hast also die Wahl, jede Sekunde aufs Neue. Wenn du deine Pläne änderst, werde ich dich in Ruhe lassen. Aber wehe, wenn du noch einmal versuchst, jemandem zu schaden, dann wirst du ein Hexenfeuer erleben, dass dich innerlich verbrennt. Es wird dein eigenes Gewissen sein, was dich mit der Zeit auffrisst. Hast du mich verstanden?" Sie sieht auch die beiden anderen Männer an. „Habt ihr mich verstanden?"

Nachdem alle drei erstarrten Kerle nach mehreren Versuchen feststellen, dass sie lediglich ihren Mund bewegen können, geben sie es auf, um Alternativen zu betteln oder gar zu feilschen.

„Wir sind einverstanden", sagt Norbert Buhmann knapp.

„Ja, sind wir", antworten auch die beiden anderen wie aus einem Mund.

„Dann könnte ihr jetzt laufen!" gestattet ihnen die Hexe und entzaubert ihre starre Haltung. „Packt euer Zeug zusammen und verschwindet aus San Lorenzo. Ein vernünftiges Tierfutter könnt ihr auch woanders herstellen. Und vergesst nicht, ich sehe und höre alles."

Die Männer eilen davon, und Federica wendet sich an Nüssli. „Ich danke dir von Herzen im Namen aller, besonders auch im Namen der Tiere", sagt sie mit Tränen in den Augen und will die Hexe umarmen, aber Nüssli springt schnell zur Seite.

„Jetzt wollen wir es mal nicht übertreiben, ich hab es ja nicht für dich getan. Die armen Kreaturen taten mir leid. Und ich glaube, nun eine neue Aufgabe gefunden zu haben. Bisher habe ich mir wahllos Menschen herausgesucht, die ich ärgern wollte, aber letztendlich hat es nur wenig Spaß gemacht. Heute habe ich gemerkt, dass es mir gefällt, für die Tiere zu kämpfen, und das werde ich in Zukunft weiter tun."

„Ich bin so froh", gesteht die Prinzessin. „Und was ist mit Hieronymus? Ist er auch deiner Meinung?"

Nüssli lacht laut, und es dröhnt Federica in den Ohren. „Du fragst nach Hieronymus? Ja, er war der erste, der sich über diese Art von Menschen entsetzte, und er hat nie in Erwägung gezogen, mit diesen brutalen Typen gemeinsame Sache zu machen. Aber du bist dümmer als ich gedacht habe. Wieso hast du meinen Sohn denn bis jetzt noch nicht erkannt? Er kann dir doch nicht so fremd geworden sein."

Federica staunt. „Wo ist er denn, und wer ist er? Hat er sich verkleidet? Einige Menschen hier in San Lorenzo glauben, dass er in Ermanno steckt, dass er der junge Mann ist, in den sich Maria verliebt hat. Stimmt das etwa?"

Nüssli lacht noch lauter. „Kind, Kind! Naiv warst du schon immer. Aber jetzt hast du Tomaten auf den Augen."

Bevor die Prinzessin weitere Fragen stellen kann, ist die Hexe verschwunden.

Hinter den Büschen eilen jetzt die Freunde herbei. Nach wenigen Sekunden finden sie sich bei Federica ein: Lamina und Mario, Adelaide und Donata, die Schneekatze und Jorge. Sie umarmen sich erleichtert und unter Tränen der Rührung.

Bald erscheint noch eine Reihe anderer besorgter Menschen, meist Bürger aus San Lorenzo, die nach und nach den Hügel erklimmen und eine Erleichterung zeigen, die sich bald zur Fröhlichkeit entwickelt.

Sogar die Kinder aus Federicas Chor erscheinen und stimmen ein feierliches Dankeslied an.

Kapitel 21

Donata reicht der kleinen Beata einen Becher Kakao. „Ich hoffe, er schmeckt dir, er ist nach einem extra guten Rezept von meiner Großmutter."

Das kleine Mädchen freut sich. „Ich glaube, heute schmeckt mir alles. Dieses Fest, das die Prinzessin extra für uns hier im Schloss veranstaltet hat, das ist natürlich toll, aber in der Hauptsache bin ich so glücklich, weil mein Kuscheltier Laura wieder bei mir sein kann."

„Dann bist du wohl jetzt wunschlos glücklich?" erkundigt sich die ältere Dame.

„Ja, du hattest mir zwar auch angeboten, mir weiter zu helfen, aber wenn du magst, kannst du meine Wünsche einem anderen Kind schenken. Ich habe jetzt wirklich alles."

Donata schmunzelt. „Obwohl Laura gerade mit Lotta und Filippo im Schlossgarten spielt?"

„Ich bin nicht mehr eifersüchtig, ich werde auch später selbst noch mit den Hunden spielen, aber Vito hatte mir vorhin versprochen, mir zu zeigen, wie man eine echte italienische Pizza bäckt, und das war natürlich auch wichtig. Schließlich will ich das lernen, damit ich meiner Mama ein bisschen Arbeit abnehmen und sie ab und zu mit einer frischen, selbstgebackenen Pizza Margherita überraschen kann."

„Und? Konnte dir denn neue Koch helfen? Hast du viel bei ihm gelernt?" Sie zeigt auf Vito, der Gemüse für die Minestrone zuputzt.

Die Kleine nickt. „Oh ja, und es hat mächtig Spaß gemacht. Ich hoffe, er bleibt noch lange hier in San Lorenzo. Aber wenn sie alle zum Bauernhof hinaufziehen, dann werde ich wohl hier weiter bei Helene lernen. Sie ist auch eine sehr gute Köchin, sie bäckt den besten Panettone der Welt."

„Hast du schon mit Federica darüber gesprochen?" erkundigt sich Donata.

In diesem Moment erscheint die Prinzessin in der Schlossküche. „Was möchtest du mit mir besprechen?" wendet sie sich freundlich an das kleine Mädchen.

„Ich möchte so schnell wie möglich kochen und backen lernen, dann kann ich für meine Mama und für Theo öfter einmal etwas vorbereiten. In dieser Küche macht es mir natürlich besonders großen Spaß, sie ist so riesig und hat alle Geräte, und hier darf man auch erst einmal matschen. Darf ich hier bei Vito und später bei Helene lernen?"

Federica freut sich. „Natürlich darfst du das. Aber ich glaube, jetzt gerade wirst du vermisst, denn Laura hat eben draußen nach dir gefragt. Ihr wart wohl ziemlich lange getrennt, da habt ihr euch beide die ganze Zeit wohl sehr vermisst."

Beata leert die Kakao-Tasse in Eile. „Oh, ja! Laura hat mir sehr gefehlt. Dann will ich schnell hinauslaufen."

Donata folgt ihr. „Nimm mich mit! Die Vierbeiner draußen sind zu drollig, man kann ihnen stundenlang zuschauen und hat immer wieder Freude daran."

Nachdem die beiden die Küche verlassen haben und Federica die Spülmaschine eingeräumt hat, schaut sie Vito über die Schulter. Kann ich dir etwas helfen? Draußen ist so schönes Wetter, alle anderen feiern und amüsieren sich. Nur du versteckst dich in der Küche und arbeitest. Gönn dir doch auch mal eine Pause!"

Er legt das Messer beiseite. „Hast du dich denn schon erholt?

Konntest du deine Ängste schon hinter dir lassen? Hast du es schon völlig begriffen, dass wir jetzt wegen Buhmann keine Angst mehr haben müssen?"

Sie seufzt. „Nein, natürlich steckt es mir auch noch in den Gliedern. Aber wenn alle draußen so fröhlich sind, lasse ich mich gern anstecken. Immerhin gibt es einen Grund zur Freude. Ich bin so froh, dass die Hexe Nüssli im rechten Moment eingegriffen hat. Und stell dir vor, sie hat mir sogar erzählt, dass ihr Sohn Hieronymus auch energisch gegen Buhmann arbeiten wollte. Ich habe es immer gewusst, man kann zwar nicht mit ihm leben, aber er hat auch seine guten Seiten."

„Kannst du mir dabei ein bisschen helfen, damit ich schneller fertig werde?" fragt er sie und legt ihr ein Brett sowie mehrere gewaschene Tomaten hin.

Federica wäscht sich die Hände, nimmt sich ein Messer und sieht ihn fragend an. „Soll ich sie für die Suppe klein schneiden?"

Vito nickt und schmunzelt. „Ja, das passt. Aber zuerst musst du die Tomaten von den Augen nehmen."

Die Prinzessin sieht ihn irritiert an. „Ich muss die Tomaten von den Augen nehmen? Was soll das heißen?"

„Denk doch einmal darüber nach!" fordert er sie auf.

Plötzlich erinnert sie sich. Hat nicht Nüssli vor zwei Tagen zu ihr so etwas Ähnliches im Zusammenhang mit ihrem Sohn gesagt? Sollte das etwa heißen, dass Vito in Wirklichkeit Hieronymus war?

Sie schaut den Koch genau an. „Ich glaube es nicht, willst du mir etwa sagen, dass du nicht Vito heißt?"

Er schmunzelt. „Du merkst es spät, aber mit ein bisschen Nachhilfe hast du es ja dann doch noch kapiert. Willst du mir immer noch beim Tomaten schneiden helfen?"

Sie sieht ihn staunend an. „Ich bin nicht sicher. Bist du denn immer noch der alte Meckerer, oder hast du dich inzwischen etwas geändert?"

Er schmunzelt. „Willst du es ausprobieren? Die Tomaten müssen gepellt und dann in sehr feine Stücke zerteilt werden, schön gleichmäßig, nicht zu dick und nicht zu dünn."

Die Prinzessin bemüht sich, die Tomaten in feine Scheiben zu schneiden, und er beobachtet sie dabei genau.

„Ach, nein! Das ist so nicht richtig", bemerkt er schmunzelnd. „Das musst du erst noch lernen."

Sie klopft ihm freundschaftlich auf die Schulter und legt das Messer beiseite. „Ja, vielleicht irgendwann einmal. Amüsiere dich mit deinen Tomaten, und ich werde dir den Spaß lassen. Draußen erwarten mich jetzt meine Gäste, sicherlich suchen sie mich schon. Aber trotzdem danke dafür, dass du dir über Buhmann und seine Fabrik Gedanken gemacht hast. Deine Mutter hat es mir erzählt, und sie verriet mir sogar, dass du das Tierfutter in einem kleinen Labor getestet hast."

Er grinst. „Ja, und das unter deinem Dach, unbemerkt im Keller deines königlichen Schlosses. Das Labor war nicht ganz so feudal wie das von Alfred Nobel im Museum von San Remo. Aber immerhin konnte ich herausfinden, dass dieses Billigfutter nicht gut für die Tiere ist, und ich war schon drauf und dran, mich mit Norbert anzulegen. Meine Mutter war es, die mich um Geduld bat, weil sie die Sache selbst in die Hand nehmen wollte. Und sie hat es ja nachher auch sehr gut gemacht, oder?"

Federica kichert. „Ausnahmsweise muss ich dir Recht geben. Ausnahmsweise hat deine Mutter einmal etwas sehr gut gemacht. Und ich würde mich sehr freuen, wenn sie das so beibehält."

Er lacht. „Darauf würde ich mich nicht verlassen. Sicherlich wird sie wohl diesem brutalen Buhmann ständig auf die Pelle rücken, aber was sie sonst noch alles anstellt, dafür würde ich keine Garantie übernehmen."

„Wir sehen uns", verspricht die Prinzessin und verlässt lächelnd die Küche.

Erfüllt von einem befreiten Gefühl schlendert sie durch den Garten zu den Rosen.

Hinter dem Spalier der Kletterrosen hört sie bekannte Stimmen. Unbeabsichtigt wird sie Zeugin eines wichtigen Gesprächs.

Ermannos Stimme klingt sanft, aber sehr ernst. „Du hast mir eben verraten, dass du mich sehr gern hast. Alle Menschen denken, dass ich der gefürchtete Hieronymus bin. Denkst du das auch? Und was ist denn, wenn ich es wirklich bin?"

Maria horcht auf. „Bist du es denn?"

„Nimm doch einfach einmal an, ich sei es. Was ist dann? Willst du es trotzdem mit mir wagen?"

Sie räuspert sich. „Also, ich habe gehört, dass die Hexe Nüssli entschieden gegen den brutalen Buhmann vorgegangen ist. Irgendwo versteckt hat sie also auch eine gute Seite, sonst hätte sie das nicht getan. Vermutlich ist es bei den Hexen eben genau so wie bei den Menschen. Da gibt es wohl in ihnen helle und dunkle Seiten, mal mehr und mal weniger. Wenn du nun Nüsslis Sohn bist, hast du sicher auch mit Schwierigkeiten zu kämpfen. Du hast also etwas von einem Hexer in dir, und das wird für dich manchmal nicht einfach sein und für eine Partnerin natürlich auch nicht. Ich weiß auch, dass die Hexe ihren Sohn nicht so erzogen hat, wie es notwendig gewesen wäre. Sie hat ihm niemals die Möglichkeit gegeben, sich frei und ohne unnötige Vorschriften zu entwickeln. Viele Jahre lang hat er immer nur das getan, was seine Mutter wollte. Vor einiger Zeit habe ich gehört, dass er sich erst nach vielen Jahren abgenabelt hat. Außerdem ist sicher, dass das, was man in der Kindheit erlebt hat, sehr fest sitzt, und man muss viel daran arbeiten, um alte Narben zu heilen oder Fehlhaltungen zu verändern. Das ist immer ein ganzes Stückchen Arbeit für Menschen ohne kindgerechte Erfahrungen im Kindesalter. So entwickeln sich manche Menschen nur langsam oder gar nicht. Der Hexensohn ist da schwer vorbelastet. Ich glaube aber, in jeder Partnerschaft weiß man nie, was daraus werden kann. Vielleicht würde ich es schaffen, dich als Hieronymus zu ertragen, vielleicht hätte ich aber auch immer die Hoffnung, aus dir einen anderen Menschen machen zu können. Aber eines weiß ich, egal ob du nun Nüsslis Sohn bist oder nicht, und auch, wenn du Hieronymus bist, ich liebe dich so sehr, ich möchte es gern versuchen. Ich kann dir keine Garantie fürs ganze Leben geben, denn jede Partnerschaft birgt Risiken. Aber ich will es einfach probieren."

Seine Augen leuchten. „Das willst du also? Das ist gut, denn ich möchte es auch mit dir probieren, weil ich dich liebe. Jetzt kann ich dir aber verraten, dass ich nicht Hieronymus und auch kein Hexensohn bin. Das sagt aber gar nichts aus, denn vielleicht bin ich besser, vielleicht ich bin schlechter, wer kann das schon über sich sagen?! Für den Augenblick sind jedoch nur unsere Gefühle wichtig, und an die glaube ich."

Die Rosenblätter bewegen sich im Wind und Federica sieht, dass Ermanno die junge Frau an sich zieht.

Eilig verlässt sie diesen Platz, um die beiden nicht zu stören und durchquert den Park, bis sie an eine Stelle kommt, die etwas höher liegt.

Von dort aus erkennt sie den Hügel, auf dem sie Norbert Buhmann gegenübergestanden hatte. Wie schrecklich war doch diese Geschichte gewesen, aber wie gut hatte sie dieses eine Mal geendet.

Die Prinzessin nimmt eine Rosenblüte in ihre Finger und atmet den Duft tief ein. Hier, in San Lorenzo hatte ihnen der Himmel geholfen, ebenso mutige Menschen, Moro mit dem leuchtenden Stern Beta Leonis und sogar die gefürchtete Hexe mit ihrem oft unfreundlichen Sohn.

Doch was geschah überall an anderen Orten dieser Welt?

Was würde man dort gegen Tierversuche tun können? Würde es reichen, die Presse zu mobilisieren, die Kinder singen zu lassen und Plakate zu malen und Mitmenschen zu sensibilisieren? Gewiss nicht!

In ihren Gedanken ist Federica fest entschlossen, bei einer großen, weltweiten Vernetzung zu helfen, die allen Leuten sagen soll: es geht auch ohne Tierversuche! Tier frei muss das Ziel für die Labore sein, „Tier frei" muss das Motto heißen heißen.

Noch einmal schießen ihr die unglaublichen Zahlen durch den Kopf, die mit den Tierversuchen in Zusammenhang stehen und die ihr Schrecken eingejagt haben.

Nein, sie will sie nicht vergessen, und sie will davon allen weitererzählen, bis sich diese Gedanken in der ganzen Welt verbreitet haben.

Sie blickt zum Himmel und sucht den Stern von San Lorenzo, Beta

Leonis, eine Sonne, die sechsunddreißig Lichtjahre von der Erde entfernt ist. Sie ist zweieinhalb Mal so groß wie die Erde und zwölfmal so hell, also ein richtiges Wunder.

Vielleicht sollte ihr das etwas sagen, ein besonderes Zeichen sein? Ein Zeichen von Zuversicht und großer ewiger Liebe.

Vielleicht sollte es bedeuten, dass sie niemals aufgeben, sondern stets mit Mut und Hoffnung den eingeschlagenen Weg verfolgen und kämpfen sollte.

In diesem Augenblick erscheint es ihr, als könne sie den Stern sehen, der ihr mit einem Blinken antwortet.

In den Augen eines Tieres findest
du die wahre Zärtlichkeit eines
Freundes.

(SalMessina)

»Wer in diesen Abgrund von Qual, welche die Menschen über die Tiere bringen, hineingeblickt hat, der sieht kein Licht mehr; es liegt wie ein Schatten über allem, und er kann sich nicht mehr unbefangen freuen.«

(Albert Schweitzer)

»Auch dem unsympathischen und schädlichen Tier gegenüber müssen wir uns immer der Verantwortung in jedem einzelnen Falle bewusst bleiben, dass wir es nur, wenn eine Notwendigkeit vorliegt, töten dürfen und dann sinnen müssen, dies mit den wenigsten qualvollen Mitteln zu tun. Auch aus Angst und Widerwillen dürfen wir nicht grausam werden.«

(Albert Schweitzer)

»Es ist die heilige Pflicht der Eltern, ihre Kinder zur Barmherzigkeit gegen Tiere anzuhalten, damit ihr Herz nicht verrohe.«

Albert Schweitzer

Das einzig Wichtige im Leben sind
die Spuren der Liebe, die wir
hinterlassen, wenn wir weggehen.

Albert Schweitzer

ENDE